余った傘はありません

鳥居みゆき

余った傘はありません

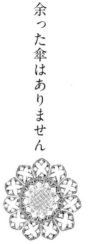

私は王様になりたかった。
王様の周りに人は集まる。
それは金と地位があるから。
私は王様が孤独だという事を知っている。
強くなる事が寂しさを満たすわけではない事も知っている。
でも私は他に方法を知らなかったのだ。

余った傘はありません

目次

四月一日　12
かくれんぼ　18
おそろい　30
カルテ　48
←ラブレター　62
治療　70
乾杯　88
うちのハンバーグ　104
クレーム　124

チェックメイト 132
手伝い 148
老婆の休日 164
お弁当 180
濡れた未亡人 196
四月二日 204
満ちる 216
みいつけた 226
道化 230

はだかの王様（文庫書き下ろし） 246
解説 穂村弘 252

余った傘はありません

四月一日

「ほーらっ、廊下は走らないの、もう」

ベッドに横たわっている耳に看護師の怒鳴り声が入って来た。

軽やかな足音が徐々に近づいて病室の前でピタリとやんだ。

少し遅れて落ち着いた足音がやってくる。

いつもと変わらない土曜日。

ドアが開く。

「あら、みっちゃんいらっしゃい」

チューブだらけの体で声にならない声を発した。

よしえは幸せだった。病院に閉じ込められてもう三年、いつ死んでもおかしくない状態だと言われている。もちろん、彼女もその事実を知っている。だが辛《つら》くなかった。それは毎週土曜日になるとかかさずお見舞いに来る家族がいるからだ。義務ではなく好意なのがわかる。それが嬉しかった。よしえには自慢できる家族がいる。お腹《なか》を痛めて産んだ息子は十年前に不慮の事故でこの世を去った。だが残された嫁の早苗《さなえ》はよく気が利き愛想もいい。再婚もしないまま、普通なら嫌がる義母の面倒を文句ひとつ言わずみてくれる。孫のミチルにいたっては血の繋《つな》がった孫というだけで無条件でかわいかった。

よしえはこの家族に看取《みと》られるなら、いつ死んでもいいと思っていた。

ある日、病院にピエロがやってきた。ホスピタル・クラウンといって、病気の子供を元気づける為《ため》に派遣されているらしい。よしえのいる病棟は、子供も年寄りも重度の患者ばかりが集まっていた。はじめは塞《ふさ》ぎ込んでいた子供も、ピエロの明るさに徐々に心を開いていく。元気づけてもらっているのは子供だけではなかった。よしえもまた、そんなピエロと子供のやりとりを見ることで元気をもらっていた。

よしえの病室は北側の受付の斜向《はす》かいにある。春とはいえどもまだ寒い。寝たままでカチカチにこった首をチューブに注意しながら逆側に倒した。窓の外にはみごとな金木犀《きんもくせい》。秋になるとオレンジ色の花が咲いて芳しい香りを放つ。よしえは金木犀の匂いは大好きだったが、この病室では薬品の匂いと混じってしまうので、好きにはなれなかった。ここから出たら、家の庭に金木犀でも植えようかしら。もちろん出られるような状態にならないことはわかっていた。よしえは大きな金木犀を見つめながらため息をついた。ふと、手前の花瓶に目をやった。さっき看護師さんが水の入れ替えをしてくれたのだった。先週の土曜日に嫁がリンゴと一緒に持ってきたチューリップが息苦しそうに咲いている。（あなたも私といっしょだわ）よしえは無理に微笑《ほほえ》んだ。ふと花瓶の端にピエロが映っていた。ピエロは笑っていた。けれどよしえには花瓶についた水滴のせいで泣いているようにしか見えなかった。

土曜日、賑《にぎ》やかな見舞い客も帰り、いつも通りの静けさを取り戻した病室で、よしえはひとり、昔の事を考えていた。小学生の頃の事、初めて男の子と付き合った時の事、出産の痛み、そして息子のようにかわいがっていた男……すべてが鮮明に蘇《よみがえ》ってくる。

よしえは今までいい子だった。いい子と言われ、いい人と言われ、いいお母さんと呼ばれ、そして今いいおばあちゃんとして生きている。

「よしえちゃんはお母さんのお手伝いしていい子ね」

「よしえさんは何頼んでも嫌な顔ひとつしないでやってくれる、いい人ね」

「よしえおばあちゃんは何でも買ってくれるいいおばあちゃんだよ」

いいこいいこよしえはいいこ。だっていいこにならないとかわいがってもらえないの。

イイコダカラオトナシクシテナサイ、イイコダカラベンキョウシナサイ、イイコダカラダマッテオカアサンノイウコトキキナサイ、ヨシエハイイコネイイコイイコイイコヨシエサンザンギョウタノマレテクレルカシラ？　アリガトウイイヒトネイイコイイコヨシエハイイコ……ナンカジャ、ない！
よしえの中で何かが弾《はじ》けた。

私は嘘ばかりついていました。
嘘の笑顔をつくっていました。
道化師は、私。
私はまもなく死にます。
そう、チューブでがんじがらめに縛られたいいおばあちゃんとして。

よしえは不幸せだった。病院に閉じ込められてもう三年、いつ死んでもおかしくない状態だと言われている。もちろん、彼女もその事実を知っている。とても辛かった。それは毎週土曜日になるとかかさずお見舞いに来る家族がいるからだった。好意ではなく義務なのがわかる。それが疎ましかった。よしえには自慢できない家族がいる。お腹を痛めて産んだ息子は十年前に不慮の事故でこの世を去った。そのうえ残された嫁の早苗は気が利かず愛想も悪い。普通なら進んでやる義母の面倒を文句ばかり言ってみてくれない。孫のミチルにいたっては血の繋がった孫というだけで無条件でかわいくなかった。
よしえはこの家族に看取られるなら、死んでたまるかと思っていた。

チューブは全部ほどけた。
ありがとう、道化師はやっと、人間になれます。
今日は四月一日
私たちのうまれた日

かくれんぼ

真っ暗闇でなにも見えない？　でもね、闇の中には音があるよ

俺の赴任した小学校にその児童はいた。

六年二組の学級委員を務めるその子はケラケラとよく笑い、オレンジのワンピースが似合う、ひまわりのような印象だった。無邪気なかわいらしい子供。そう、あの日までは。

俺の役職は、副担任という、担任の補佐的な役回りの為、特にこれといってやる事がない。だが、赴任して一週間経《た》たずして担任の山本先生が倒れ、そのまま帰らぬ人となってしまった。俺は、急遽《きゆうきよ》繰り上がりで担任となった。

児童からしたら五年生から持ち上がりの慣れ親しんだ担任が死んだのだから悲しいだろうが、俺にとっては面識があまりないどころか、知り合って一週間で亡くなってしまったものだから、正直悲しいという感情も湧いて来なかった。ただ、結婚十年目の四十歳で待望の子供が生まれたばかりだと聞き、それは不憫《ふびん》に思った。

葬式も無事終わり、徐々にクラスも落ち着きを取り戻した。

と、同時に忙しい日々が始まった。

大学を卒業して三年、俺の中でようやく教師としての自覚が芽生えつつあった。

まあ、クラスの全員の名前を覚えたりするのは当然やらなくてはいけない事だが、山本先生が以前からやっていた月一のクラス新聞を藁半紙《わらばんし》で作って配ったり、小テストを作って採点したり、特に児童の状態を見る為の「生活日誌」という名の交換日記は、正直面倒臭かった。

朝、児童から回収し、返事を書き、帰りまでに児童に返す。これを毎日繰り返す。大変だ。

まして書いてある事といったら、

「今日インコのひなこが死にました。」

「今は生活日誌を書いています。」

「ねむい。」

くだらない、くだらなすぎる。誰からも求められていない生活日誌。こんなもの山本先生の自己満足にすぎない。

せっかくの昼休みに昼ドラも観ずにこんなつまらない事をしている。なんて無意義な時間。

そのうちそれとなくこの制度を廃止させよう。とりあえず適当な事パパッと書いてはやく解放されよう、とパラパラめくっていると、ふと目についた。

「先生、たすけて。」

表紙の名前を見ると、柏木《かしわぎ》よしえと書いてある。

柏木、ああ委員長か。

どうせ子供の悩みなんてみんな同じ、インコが死んだのーたすけてーっ！　なんて程度だろう。

俺は一言「どうした？」とだけ書いて閉じた。

五時間目、柏木はいつもと変わらない様子で、授業を受けていた。

俺は柏木を観察した。色白な肌、黒い艶《つや》やかな髪、長いまつげ、笑うと出てくる八重歯。

こうして改めて柏木を見ると、全体的に幼い顔立ちはしているものの、表情やちょっとしたしぐさがどこか冷めている。小六ってそういうものか。今まで低学年しか担当したことのなかった俺にはちょっと新鮮だった。

帰りの会で生活日誌をみんなに返し、一日が終わった。

次の日、柏木の生活日誌にはなにも書いていなかった。

俺は「何があったの？」と書いた。

一日の終わり、いつものように児童の名前を読み上げ、手渡しで生活日誌を返却していると、生活日誌を抜き取った柏木の手から俺の手に何かが入って来た。

一枚の小さいクッキーだった。俺はなんだかいけないことをしている気になりみんなにばれないようにクッキーをそっとスーツのポケットにすべらせた。

児童がみんな帰ったあと、職員室に戻りクッキーをポケットから取り出した。そのまま渡された、四角いクッキー。手作りだろうか。

甘くてしょっぱかった。

次の日の日誌にも、なにも書かれていなかった。

また次の日も、なにも書かれていなかった。

ある日の放課後、教室の前を通りかかると、一人児童が泣いていた。柏木だった。

俺は事情を聞いた。

柏木はゆっくりと口をうごかした。

彼女は家族とうまくいっていなかった。彼女は双子で生まれた。双子のかたわれは生まれた時から比較の対象となる。妹のときえはあまり勉強が出来ないが要領がよく、彼女はそうではなかった。両親の期待を一身に受け、必要以上にがんばった。愛してもらう為に。なのにかわいがられるのはわがままで無邪気な妹の方。妹とクラスが違うことは唯一の救いだった。テストでいい点をとり、学級委員長も務めた。そうすればするほど次の自分を苦しめた。

居場所がない、その不安。愛されたい、必要とされたい、どこか一点を見ながら話す柏木が求めているものがわかる。

俺にも兄がいて、なにをするにも比較をされた。といっても柏木とは逆の、出来ない方が俺だった。なんでも出来る兄、なんにも出来ない弟。親戚の連中もそう見ているのがわかった。

俺は辛かった、しかし、同時に兄も辛かったのだ。

大学に落ち、人一倍責任感の強かった兄は自殺した。

俺は後悔した。兄に嫉妬していた自分に腹が立った。被害者面していた自分を恥じた。そして兄の遺志を継いで教師になった。今の彼女は小さい体で必死に存在をアピールしている。あの頃の兄と同じだ。元気で明るい頼られる委員長、勉強が出来る面倒見がいいお姉ちゃん。

甘くてしょっぱいクッキーは彼女が出す精一杯のサインだったのだ。

俺は柏木の頭を撫《な》で、生活日誌には出来るだけ楽しい事を綴《つづ》ろうと約束した。

それからは好きな食べ物、行きたい国、将来の夢などのやりとりをした。

柏木は頭がよく、どの文章もとても面白かった。柏木は、お菓子が好きで、スイスに行きたくて、看護婦になりたいそうだ。

いつしか毎日柏木の事を考えるようになっていた。毎週観ているドラマよりも柏木との生活日誌の方が楽しみになった。嫌な事があってもすぐに元気になれた。

この感情が恋だと気付くのにそう時間はかからなかった。ただ、自分で認めるには勇気がいった。

柏木もまた、同じ気持ちだった。

お互いがお互いを求めていた。けれどそこは教師と児童、そもそも小学生に手を出すなんて不味《まず》過ぎる。俺達は実際会うのは学校だけという決まりをつくり、生活日誌上でデートを楽しんだ。

「先生、会いたい」

「毎日会っているじゃないか」

「ずっと一緒にいたい」

「うん、一緒にいよう」

「絶対裏切らないでね、先生」

「もし裏切ったら？」

「殺す、ふふふ」

学校で会う時はお互い日記の事はなかったかのように振る舞い、授業中目が合うと一瞬だけニッと笑う、みんなのいる前でばれないようこっそりクッキーをもらう。それが二人だけの秘密で楽しかった。

クッキーはだんだんしょっぱさが減っていき、甘みが強くなっていった。

それは彼女の心境の変化を物語っていた。

しだいに俺は学校以外でも会いたいと思うようになった。

仕事が終わり夜になる頃、柏木は塾に行くふりをして俺の家に来る。得意のクッキーを何枚か持って六畳と台所だけの古いアパートへ。

「塾、休んじゃった。あんなにいい子してたのに……フッ、ざまあみろ」

彼女は幼いながらも心に多くの屈託をかかえていた。

「前に妹とその友達でかくれんぼしたら、友達が私を見つけて言ったの、ときえちゃんみっけって」

「闇に隠れて本当の自分が見えないの」

「でもいまの君は本当の君だろう？」

「うん……闇を味方にすることなんて出来ない。でも気付いたの、闇の中には音があるって」

そう言うと、俺の胸に抱きついた。


ある日、校長室に呼び出された。

柏木の家に塾から連絡があり、通っていないことがばれたのだ。その間、俺の家に来ていたこともなぜかばれていた。

母親は彼女を問い詰めた。彼女は俺を好きだと言った。動揺した俺は、とっさに自分を守ろうと、相談にのっていただけだと言った。周りもそれを信じた。

「子供の頃って、周りが子供ばかりだから唯一の大人の教師に憧れたりするんですな、いやね、私の頃も憧れの保健の先生なんていましてね……」

校長が意気揚々と話している横で、まさか泣いてるんじゃないかと思い柏木をチラリとみると、なぜか彼女は笑っていた。

俺はちょっと不気味に感じ、それと同時に、少しホッとした。

彼女もわかってくれている。その場しのぎで出た俺の嘘は彼女を傷つけたかもしれない。けどこれでよかったのだ。帰り際、いつものように一枚だけ渡されたクッキーをポケットにしまい込んだ。「またな」彼女はなにも答えず微笑んだ。落ち着いたらまた前みたいに会おう。

俺は次の日から半年の謹慎となった。

朝、起きたままの体勢でベッドに横たわっていると、電話が鳴った。俺は勢いよく布団をはねのけ受話器をとったが、それは柏木からではなかった。校長からの呼び出しで、半年も謹慎になるんだから学校に今までの資料を持ってこい、ということだった。

俺は簡単に髭《ひげ》を剃《そ》り、テーブルの上に出したままの柏木が最後に持ってきたクッキーを口に放り込み家を出た。

歩いている途中、激しい眩暈《めまい》が襲ってきてコンクリートの塀にもたれかかった。ここのところ、いろいろあったから疲れがきたのだろう。とにかくさっさと資料を渡して家で休むか。そうだ、このまま提出したらだめだな。見られちゃまずいとこはうまく切り取っておかなくては。俺は生活日誌の入っている紙袋とは別の革の鞄《かばん》から柏木のノートを取り出した。ちぎった彼女との思い出をポケットにしまい込みながら、ふと思った。そういえばこの生活日誌は山本先生からの引き継ぎだから前のページまでは山本先生とのやりとりが綴られているんだよな。今まで気にしたことなんてなかったけど。ペラペラとページをめくる。ん？　なんだこれは、見なれた言葉が目に入って来た。

「先生、たすけて。」

よくみるとそのあとのページは破られた跡がある。

溝にはクッキーのカスがつまっていた。

おそろい

鏡の中に少女がいた
とっても窮屈そう
辛いでしょう
私が泣くとその子も泣いた
鏡から出してあげる
その子は笑った
つられて私も笑う

重たい花瓶を鏡にぶつけた
鏡は粉々に砕けた
その瞬間
私がいなくなった

「やっぱり双子だなぁ」

そう言われると私は決まって、そうですかと答える。聞き飽きた言葉、何十回このやりとりをしてきたことだろう。一卵性の双子として生まれた宿命なのかもしれないが私はそれがすごくいやだった。

私ときえと姉よしえ。私たち双子は背格好も容姿もまるでクローンのようにそっくりで、どっちがどっちなのか親でさえもわからなくなる程だった。

幼いころから両親に与えられたものはすべてがおそろいだった。オレンジのワンピースもうさぎのマグカップも、ポンポンのついた手袋も、筆箱から鉛筆にはめるキャップまでもが姉とおそろい。だから私の家には同じ物がふたつずつある。

それがあたりまえだった。

私がせっかくねだって買ってもらったアルミ製の魔法のメルちゃんお弁当箱も、メルちゃんに興味のない姉の分まで親は買う。しかし、テストでいい点数をとると買ってもらえるふわふわのぬいぐるみはなぜか姉だけに買い与えられた。

成長するにつれ、少しずつ周りが私たちを判別できるようになっていった。髪形からほくろの位置まで一緒の私たちの見分け方、それは性格。もちろん、声のトーンも若干あるのかもしれないが、それ以前にやはり一番の違いは性格だった。性格なんて見た目じゃないからわからないと思われるだろうが、性格はやっぱり表に出てくるものだ。私たちは真逆で、おおまかに言うと私と姉は陰と陽だった。

姉は頭がよく、いつも明るくみんなから頼りにされるいわゆる優等生。

私はというと、勉強はからっきしダメで、また、そんな設定の時に備わっているはずの運動神経すらも持ち合わせていなかった。

神様はいじわるだ。私は何をやっても姉には追い付けない。そのせいで、どんどん卑屈になっていく。

昔は初めにこの世に生まれてきた方を妹としたらしいが、今は逆に考えられている。こんな頼りにならない方が姉じゃなくて本当によかったと思う。

私は家に居る時はつとめて明るくふるまった。何でも出来てほめられる姉、私は何も出来ない分、親の機嫌をとる。

まるでピエロのように。

親に媚《こ》びれば媚びるほどおそろいが増えた。

姉はおそろいが気にいっているようだった。それもそのはずだ、おそろいにすればするほど自分の内面が際立つのだから。

なんて考え方しかできない私はやっぱり性格が悪いのだ。

私にはおそろいと一緒に常に劣等感がつきまとった。

その劣等感とともに成長し、今現在、晴れて大学生となった。

姉は看護学校に通っている。

おそろいにしたくなかったからではない。都合のいい話だが、これに関してはおそろいがよかった。私も看護婦になるのが夢だった、けれど受からなかったのだ。

なんの目標もないまま、入れる大学にとりあえず入れてもらい、なんとなく誘われるがままにサークルに入り、飲み会に参加することになった。

下手くそな習字で書かれたサークル名入りのださいオリジナルTシャツを着せられ、皆それぞれ席についた。

初めての顔合わせ、一回もサークルに参加していなかった私はちょっとした疎外感をおぼえた。

知り合いもいないのでなるべく目立たないよう扉近くの席へ腰を下ろす。

よれよれのブロックチェックのシャツをはおった幹事らしき男が居酒屋全体に響き渡る声で叫んだ。

「生《なま》以外の人言って〜」

その視線は二十歳未満の私に向いていた。

「あ、じゃあお水で〜」

「ホッピーひとつ〜」

「あ、あの、お水って言ったんですけど」

「なんだよつまんねーなー、よし、じゃあ自己紹介！」

あまりの声のボリュームにみんなが、注文を取りに来た店員までもが私に注目した。

「柏木ときえです、えっと、このサークルで……」

「ときえちゃんの一発ギャグ～はい3、2、」

最悪な展開。

その時、斜め向かいの男が遮るように大きな声で言った。

「もういいじゃん、とりあえず座れよ」

部屋中に一瞬気まずい空気が流れたがすぐに飲み物が来たのでさっきまでのやりとりはなかったことになった。

私はガチョーンをやりかけた手の納め場所に困りそれとなく頭を掻《か》いた。

それを見ていた斜め向かいの男は、「えらかったね」と言い、ニコッと微笑んだ。

あまりの恥ずかしさに私は下を向いた。

その男の名前は神木信一郎といった。何年生かまではわからなかったが、さっきの口調から新入生ではないことが窺《うかが》えた。そのあと二次会を断った私は、神木さんと話をするタイミングもなく助けてもらったお礼も言えないまま、一人家路についた。


私はひとつのぬいぐるみもない殺風景な自分の部屋の電気をつけ、ベッドの上に横になった。

あの人、ちょっと素敵だった。

なんの講義とってるんだろう。明日の磯部教授の講義には来るのかしら、でもつまんないので有名だから来ないだろうな、来ないのかな……来たらいいな。

私がこんな気持ちになるのは久しぶりだ。

自分でも顔つきが穏やかになっているのがわかる。

いつも隣の姉の部屋からもれてくる耳触りなハムスターのカラカラ音も今日は不思議と気にならなかった。

私は生まれたばかりの恋の予感に少しワクワクしながら眠りについた。

次の日、神木さんは来なかった。普段から退屈な磯部教授の講義がいつもの数百倍も退屈に思えた。

帰り際、門の近くのベンチの所になぜか姉らしき人がいた。でも誰かと楽しそうに話しているから、違うかもしれない。近づいていくうちに輪郭がはっきりと見えてくる。やっぱり姉のようだ、じゃあ隣の人は……視線を横にずらす。

私は驚いた。

姉がさっきから親しそうに話していた相手は私が今日一日会いたくて会いたくて仕方のなかった神木さんだったからだ。

「あ、ときえ、近くを通りかかったから一緒に帰ろうと思って、そしたらときえと間違えられちゃってね」

「いやあ、まさかときえちゃんが双子だったとは、本当にそっくり、やっぱり双子だなあ」

二人とも笑顔で私を見る。

次はお前が喋《しゃべ》る番だぞと言わんばかりに。

私はいつものように「そうですか」と言い、そのあと笑おうとしたがひきつってうまく出来そうになかったので、あわてて神木さんに昨日のお礼を告げて別れた。

姉が遠ざかっていった神木さんに振り向き叫んだ。

「バスケ、頑張って！」

小さな神木さんはここにいる姉に見えるように大きくガッツポーズをした。

心臓がドクドクする。

(なにそれ、バスケやってるなんて知らない)

昨日あんなに一緒にいたのにさっき一瞬一緒にいただけの姉の方が神木さんの事を知っている。

そう思うとなんだか無性に腹がたってきて、せっかく待っててくれていた姉に対して私から話しかけることはなかった。

何を話したの？　何分一緒にいたの？　それより何で大学に来たの？　悔しい

悔しい悔しい！

家に着いたが私はご飯の用意してある居間に行く気にはなれず、キッチンのテーブルの上に置きっぱなしのリンゴ一つと果物ナイフを持ち、自分の部屋へ向かった。

神木さん、楽しそうだった。

私の帰りがもっと遅かったら、きっと姉の事好きになっていただろうな。

中学生のころ、私は男の子に告白された。昼休み、廊下を歩いている私に「柏木さん」と声をかけてきた。それは私がずっと想いを寄せていた隣のクラスの男子だった。

一緒に屋上に向かうと、私に向かって真っ赤な顔で「よしえちゃんが好きだ」と言った。

私は一瞬訳がわからなかったが、すぐに理解した。

その人は、私がときえだとわかるとがっかりした表情になり一言「ごめん」と言った。

あのどんより曇った顔は忘れられない。

私は恋が出来なくなった。好きな人が出来ても、どうせ私なんかと悲観的になる。そうしてますます暗くなっていく。

ぜんぶ、ぜんぶ姉のせい。

ハムスターの駆け回る音がまるでスピーカーから出ているかのように部屋中に響く。

私は両手で思い切り耳を塞ぐ。

静かな部屋。ぬいぐるみのない私の部屋。どんなに勉強しても、手に入らなかったぬいぐるみ。いつも私が欲しいものを姉は楽に手に入れる。

涙があふれてきた。

嫌な思い出がよみがえってくる。

幼いころ、友達と家でかくれんぼをして遊んだ時、友達が居間にいる姉を見つけてこう言った。

「ときえちゃんみっけ」

それからは姉を入れて三人でのかくれんぼになり、友達は姉と仲良くなり、姉に会うために家へ来た。

私はいてもいなくてもどっちでもいいのだ。

同じ顔は二人もいらない、どちらかがいれば。

同じ見た目なら中身がしっかりしている方がいい。

このリンゴにしてもそう、同じリンゴなら蜜《みつ》がしっかりつまった方がいい。

誰だってそっちを選ぶ。

だったら見た目でわかりやすく傷だらけにしてくれていれば誰も間違えて買わなくて済むのに……。

リンゴにナイフで傷をつけた。

涙がその傷を濡《ぬ》らす。

私ももう間違えられたくない。

私は袖をまくり今まで日焼けしてこなかった青白い腕にナイフをあてた。

果物ナイフは初めて切る果物以外のものに一瞬躊躇《ちゅうちょ》したようにみえた。

私の体からは蜜じゃなく赤い血が出た（当たり前なのだが）。

生ぬるい血に染まった腕がリンゴの赤よりも映えている。

今の私なら、傷だらけのリンゴの方を選んであげる。

私は流れる血を眺めながら、双子は片方が怪我《けが》をしたら同じ部分にみみず腫《ば》れができる、なんて噂話を思い出し、同じ傷が姉に出来ていたら嫌だなと思った。


次の日、なぜだか気分がすっきりしていた。

これのおかげかも。長袖のワンピースの袖をめくる。私は初めておそろいではないものを手に入れた。

傷、勲章、生きる証《あか》し。

それは私を強くさせた。

そして私は誰よりも早く大学に着き、ベンチで神木さんを待った。

四時間後、神木さんが来る。

「あ、おはよう、ときえちゃん」

「あの、神木さん、こないだのお礼に今晩ご飯でもおごらせてください」

待っている間何度もシミュレーションした甲斐《かい》あって、ごく自然に言葉が出た。

「別にいいのに、でもサンキュー。じゃ、六時にここにしようか」

「はい！」

その日の磯部教授の講義は、とっても面白かった（ゲンキン！）。

食事はすごく楽しかった。

神木さんは私の三つ上で、来年卒業の四年生だというのに就職がもう決まっているらしい。

さすが、余裕な感じがまた素敵。

私たちは連絡先を交換し、別れた。

こんなに積極的に振る舞えたのも、これのおかげ。まだ治るのに時間がかかりそうな赤く腫れあがった傷を見てまた勇気が出た。

その後何度か私から誘い、デートをした。

神木さんは思っていた以上に素敵な人だった。

喫茶店に行った時、私は砂糖を取ろうと手を伸ばした。すると袖がまくれ、隠していた傷が丸見えになってしまった。

すばやく袖を直す。

ばれたかな、ばれてなきゃいいけど、だってきっと嫌われちゃう。動揺で手が震える。

神木さんはそっと私の手を握り、ゆっくりと「大丈夫」と言った。

その帰り道、私は神木さんに告白した。

返事はO・K。

付き合うことになった。私は勝ったのだ。姉じゃなくて私。傷だらけのリンゴを彼は選んだ。

私は毎日夜に電話をする。

「いまどこにいる？」

「いま何をしてる？」

「いま何を考えてる？」

電話に出ない時は不安になる。不安になったら腕を切ればいい。そうすると気持ちがスーッと楽になる。

その繰り返しだった。

ある日、彼は家に来たいと言った。

「久しぶりによしえちゃんにも会いたいしな」

私は拒んだ。

姉には絶対会わせない。姉に会われたら、彼を取られてしまう。不安、また腕を切る。

私達は外でのデートを繰り返した。

そのうち、私は彼に会うのをやめた。私の顔を見たら姉を思い出してしまうと思ったからだ。けれど会わない間は不安で不安でしょうがない。

暫《しばら》くして彼から初めての電話があった。

「もう、別れよう、これ以上耐えられない」

私は振られてしまった。

でも大丈夫、こんな不安にも私には立ち直る術《すべ》がある。

けど、もう、切るところがない。

ますます不安になる。

どうしよう、どうしよう。

そんな、そもそも双子に生まれてこなければ、そうよ姉さえいなければ、姉さえいなかったら、姉が、この姉が……。

「ときえー、いつまで鏡の前で喋っているの。私、今日、神木くんと出かけてくるからね」

そう、私は、とっくに気付いていた。姉はおそろいが好きなのだ。

自咬症《じこうしよう》のハムスターが今日もうるさい。あれは、姉から私へのあてつけなのだろうか。

テーブルの上の傷ついたリンゴはもう腐っていた。

カルテ

患者No.００９　ミヤマメメコ

少女は拒食症だった。
お米、パン、スパゲッティ
あらゆる食べ物の摂取を拒んだ。
心配した両親が少女の好きな食べ物を出す。
マシマロ、スイカ、ミルクチョコ

それでも口にしなかった。

日に日に痩《や》せていくのがわかる。

皮膚と骨だけのガリガリになった小さい体。

やっとお腹がすいた。

何か食べ物はないかと歩き回った。

けれどももう遅かった。

体は思うように動かず少女は庭の花壇の上で力尽きて亡くなった。

少女の死骸《しがい》からは、見たこともないような芽が生え、成長し、一つの大きな大きな実をつけた。

それはこの世のものとは思えないほどの芳しい匂いを放ち、かぐ者全てを恍惚《こうこつ》へと導いた。日本中が強烈なこの実の匂いに包まれた。

誰しもがその実を食べたいと思っていた。

それ以外は食べたくないと思っていた。

しかし、実は一つしか生《な》っていなかったため、誰も食べようなどと言い出す者はいなかった。

日本人はみな拒食症になった。

天国で少女は思った。

「ほんとにみんな、日本人なんだから」

患者No.０２０　ヤマムラキョウコ

先生、あたしね、最近夢を見るんです。ものすごくこわい夢。

夢の中のあたしはお気に入りのチェアに腰をかけ、ある人が来るのを待っているんです。

とっても大好きな人を。

お気に入りのチェアというのは、そう、ちょうど今、先生が腰かけている感じの分厚い動物の皮で作った黒いチェアなんですけど。

あたしはいつものようにそこに腰をかけ、焼きたてのマドレーヌと入れたてのミルクティーを二セット用意し、時計を見上げる。すると、「コンコン」ノックが聞こえ、あたしが「どうぞ」と言いながら玄関のドアを開け、家の中へ招き入れる。

すると相手は「どうも」と言って空いているあたしのお気に入りのチェアに先に腰かけてしまう。

あたしはしぶしぶお気に入りじゃない方の安物のチェアに腰をかける。

そう、ちょうど今、先生が腰かけている感じの安物のチェアと同じなんですけど。

お気に入りのチェアに座られてしまったのであたしは一旦《いったん》外に出て「コンコン」自分の家のドアをノックをする。

すると相手が「どうぞ」と言いあたしを中へ招き入れる。

あたしはすぐさま空いているお気に入りのチェアに腰をかける。

相手は一旦外に出てドアをたたく。

その繰り返しが暫く続き一〇八一回目にまた相手がお気に入りのチェアに腰か

け、目をつむった瞬間、なんとあたしの体が透き通っていったんです。そう、ちょうど今の先生のように。その時、これは相手が見ている夢に過ぎなくて今、目の前の人が眠り、オオモトの現実のこの人が起きた時点であたしは消えてしまうってことに気付くんです。

だからあたしは相手が起きないようにけれども目の前にいる今のこの相手が眠ってしまわないようにバランスを見ながら夢の居心地をよくしようともてなします。

あたしは入れたての冷えたミルクティーと焼きたての冷たくなったマドレーヌを一口大に切って差し出そうとするのですが、あいにくナイフが錆《さ》びていてうまく切り分けられない。けれどマドレーヌは絶対に一口大にして差し出さないといけないじゃないですか、普通。だからあたし困ってしまって、キッチンからハサミを持って来たんです、文具用の。これで切り分けられる、そう思ったら、今度はあたしの手がハサミになっていたんです。文具用じゃないです、木の枝を切る用のごっついやつです。手が立派なハサミになってしまっていたんです。ハサミの手だからうまくハサミが持てなくて、切ることができない。だからあたしはずるしてハサミを持たず自分の手のほうのハサミを使ってしまおうと思い立ったわけです。そしたらうまくいって、初めてなのにですよ。すごいでしょう。独学なのに勘がいいんでしょうね。先生も独学でこの医院を？　ああすいません、進めます。それで独学でマドレーヌを縦に半分、手を横にして四等分。うまくいきました。と、そこまではよかったのですがそれをハサミになった手でつかむのが大変で。ほらマドレーヌってやわらかいでしょう？　うまくつかめなくて。一口大に切ったからには口にまで運んであげるのがマナーじゃないですか、普通。

だからハサミを寝かせてハサミの腹の部分で思い切りたたいたんです。何回も何回も。ええそうですすマドレーヌをです。

そうしてまるめて鯉の餌みたいにカチカチになったマドレーヌをハサミでつかみ相手の口に持っていき食べさせようとしたんです。けどやっぱり直前でチョキンてなっちゃってうまくいかない。だからあたしもうマドレーヌにこだわるのをやめて鯉の餌を買ってきて食べさせようとしたんです。よし、これで挟んでもチョキンてならない。ところが相手が口を開けてくれないんです。何回やってもうまくいかず、あたしのハサミは相手の口をズタズタに切り裂いてしまう。切り裂いているうちにどんどん血でお気に入りのチェアは汚れてしまうし、なのに汚した本人はいつの間にかいなくなっていて。あたし潔癖症だから本当に許せなくて。だから先生、もう一度あたしの夢にきてもらえませんか。聞いていますか、先生! あ、そうそう、今日あたしマドレーヌ持ってきたんです。あと、ハサミも。先生、あたしの夢に来るときは今度こそチェアゆずってくださいね。

患者No.017　マツモトヨウコ

はい、わたしは家族と一緒に住んでいます。家ですか? 家にはわたしの他に、父、母、上に兄がいて、あと下に姉がいます。え? はい、下です。います、そうです、床の下に。

患者No.011　カタヒラシンイチ

いや先生、私はね、病気なんかじゃないんです。ただ女房のやつがどうしても行けなんていうもんだから。だから先生、さっさと診てすぐに帰してくださいよ、仕事もまだ残っているんですから。え？　ああ、はいはい、女房がなぜ診察を勧めたかですよね。

あれは二年くらい前になりますかね。恥ずかしながら私、リストラにあってしまいましてね。いや、今はもう新しい仕事も決まって何も問題ないんですがね。

今思い返すとそれはもうひどいものでした。何年も勤めてきた会社を一方的にクビになったんですからね。平気な顔していたつもりですけど、やっぱりストレスってのがあったみたいで私はもう自暴自棄になって毎日酒を浴びるように飲みましてね、また家にいて何もしていないことが何だか悪いことしている気になりましてね。あげくの果てには女房の目つきにも腹が立ってきて暴力をふるったりして、いやあ今思うと本当にあいつには迷惑をかけました。

それからすぐ私は新しい仕事が決まったんですけど、女房は私の一時の暴力のせいで常に何かに怯《おび》えるようになってしまいましてね、隣の家のドアを閉める音だとか、向かいの家のくしゃみする音だとか、いちいち気にして「あーもう、うるさい！」と言って注意しに行くようになってしまったんです。

それから女房はおかしくなってしまったんですよ。サカリのついたやかましい猫を殺したり、コンビニにたむろしている連中にガソリンを撒《ま》いたり。だからそんな女房の機嫌取りのために私は来たんです。本当に診てもらいたいのは女房の方なんです。あいつは自分がおかしいってことに気付いてないんですよ。そうだ、先生、今度うまいこと言って女房連れてきますよ。その時はよろしくお願いしますよ。

さ、仕事行かなきゃな。え？　私の仕事ですか？　川の下流の水を上流に運ぶ仕事です。それを朝から日が暮れるまで延々繰り返します。え？　お金なんてもらえませんよ。そんなもの誰がくれるんですか。上流？　誰もいないです。はい、仕事です。おかしなことを言う先生だな。結婚？　したことないですよ。じゃ、失礼します。

患者No.022　イワヤユウキ

今日僕、死のうと思ったんです。毎日楽しくないし、なにやってもうまくいかないし。

だから思い切って学校の屋上から飛び降りてやろうと思ったんです。

昨日告白してフラレた女子呼び出して、いじめてたやつらのロッカーに手紙入れて。それでいよいよ放課後、いざ飛び降りるぞってなった時に、先生、なにが起こったと思います？

なにも起こらなかったんですよ。普通同級生が死ぬって言ったら止めるでしょう？

僕をフッた女子が屋上の下でつまんなそうにしてるだけですよ。「まーだー？」なんて言われて！　ギャラリー少なって思って僕、自分から警察に電話してやりましたよ。ひどくないですか？　警察も、察し悪くないですか？　言われなきゃ動かないなんて。だから警察はなめられるんですよ。それに職員室に行った時に「屋上のカギかしてください」この一言で先生方も「ん？　なんかおかしいぞ」って思わなきゃだめでしょー！　普段滅多に使わない屋上なんだからさー、怪しめっつーの。

それでですね、いよいよ僕の思った通り、警察が到着すると少し屋上の下がざわざわしだして、ちょっと僕もテンションあがって、よっしゃタイミングみて「俺は本気だぞー!!　止めても無駄だー!!」あたりのことを叫ぼうとしたんですよ。今だ！　そう思って言おうと思ったら、「おとなしく降りてきなさい！」って、なんで警察かぶってくるのかなー。もうやんなっちゃうよ。しかも拡声器持ってんだもんなー、そりゃ声響くよずるいよ。

それで暫くしてまたチャンスがあったわけですよ。だから僕は今まで出した事ないくらいの大声で、「俺は」って言い始めたんです。そしたらいつも僕、自分の事「僕」って呼んでたじゃないですか。あー無理しなきゃよかったなと思ったわけですよ。なにが起こったって？　裏返っちゃったんですよ！　声が！「俺」

の部分で！

エッちゃん、ちょっと笑ってたなー、くっそー！　あ、昨日フラレた女子です。

そんな感じでうだうだしてたら、観客が目に見えて飽きてきたんです。

警察もなんか俺たち必要？　みたいな顔してて、だからタイミングみて飽きさせないように「死ぬぞー！」って言ったんです。そしたらまた「おおー」みたいになって、でもそれも一時間置きにちょいちょいやってたら、結局なにもないんでしょ的な空気になっちゃうんですよね。

だから思い切って今度は柵《さく》をまたごうかな、またがないかな作戦に出たわけです。

すっごく風強いし、なんかもういやになって、早いとこ警察が止めにきてくれないかなーなんて気持ちになっちゃってて、でも来ないんですよ。なんなんですか、あれ。

しかたなく「絶対に近づくんじゃないぞ！」って言いましたよ。バラエティでお決まりのあれですよ。そしたら警察、本当に警察はバカだと思いました。近づいて来ないんですよ！　屋上の下に微動だにせずただいるの。僕もう言いましたよ。「来てもいいですよ」って。

恥ずかしいです、なんなんですか僕。しかもゆっくりゆっくり階段上がってくるもんだから間を繋ぐために柵の外に出ましたよ。出ちゃいましたよ。あーおっかなかった。落ちるんじゃないかとヒヤヒヤしてましたよ。屋上に到着した警察が、柵の外に出てるやんみたいな顔になって、ちょっとずつ近づいてきて、隙を見て確保しようみたいになってたから、僕、下に向かって休み休み叫びながら、今だ今！　みたいな目線送ってたんですよ。もう、ほんとダメだなー。

最終的には「死のうと本気で思ってたのに本気で俺を助けようとする人たちに止められちまったぜ」みたいな顔して自分から柵またいだけど、あれバレてるよなー。

結局つまんなそうにして帰って行く人たちに、申し訳ない気持ちで、

「明日こそみてろ‼」

あれなんで言っちゃったんだろ僕――。ああ明日どうしよう。いじめてたやつらにもさっき呼び出されちゃったんです。先生、僕、明日死んだほうがいいです

か？


「柏木さん、十三番のカルテとってくれるかな」

川北院長に言われ、私はカルテを探した。

看護学校を卒業してすぐ、この川北医院で働かせてもらうことになった。

川北院長はとても優しく、「大変なんですね」と私が言うと、「ハハハ」と笑って真っ黒なぼさぼさの頭を掻いた。

←ラブレター

五月七日

すいません、初めてお手紙を書きます。
きのう駅であなたに財布をひろってもらった者です。
できたらお礼がしたいのです。
すごく助かったものですから。連絡ください。

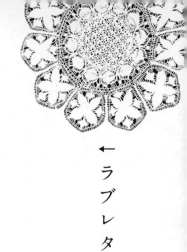

五月十日

すいませんでした、いきなり手紙渡して電話しろ、なんて気味が悪いですよね。

きっと、なんだこの女は、なんて思ったでしょう。

では、今日は私の自己紹介をしたいと思います。

たくさん知って欲しいから。よかったら友達になりましょう。

まず、私の名前は柏木よしえ。川北医院に勤めています。血液型はA型、けどみんなからはOっぽいねとかよく言われます。あなたは会社員ですよね？　どこの会社かはわからないけど、たまに一緒の電車になっているのであなたの存在は知っていました。

いつも読んでいる本、少しは進みました？

五月十三日

あの本、私も読み始めました。

なかなかサスペンスなんて普段読まないので、新鮮。

ただ、人を殺したりするのはちょっと、ね。はじめはあの漫画家のアシスタントの男性が犯人かと思っていたけど、ちがいましたね。
すっかりだまされてしまいました。まさか真犯人が漫画家の山城マミナだったなんて驚きです。

五月十五日

あの本、読むのやめてしまったのですね。飽きちゃったのかしら？　もう違う本になっていましたね。あなたの勧めてくれる本だから私また買いました。犯人は教師でした。またお勧めあったら教えてくださいね。今日は遅番だからあなたに会えません。つまんない。

五月十八日

つい先日、偶然街であなたをみかけました。

きづいて声をかけようと思ったけれど、あなたは友達数人といたので。あれは会社の同僚ですか？　女の子もいたようだけど……あなたは駅でみんなと別れて帰っていきました。私また声をかけようと思ったのだけど、出来なかった。てんでだめな私。あのアパートに住んでいるのですね、広くていいな。

五月十九日

けっこう私自身の事はたくさん書いたので、そろそろあなたの事が知りたいです。といってもあなたは返事をくれなそうなので、やっぱり私の事を書いてしまいます。こないだ、双子の妹に子供が生まれたんです。実際抱っこしてみたら、赤ちゃんってこんなにかわいかったんだっていうくらいかわいくて、私も欲しくなりました。私も出産してみたいけど、そのためにはいい相手みつけないといけないし。母親には孫の顔が見たいってせがまれるし。けど近い将来、広い庭付きの家に住んで楽しくのんびり暮らしたいです。そうそう、アパートのあんなところに鍵しまっていたら、あぶないですよ。

←ラブレター

五月二十日

あ、そういえば、もうすぐあなたの誕生日ですよね。なんで知っているのかって？　こないだ同僚と話している時に聞こえてきました。是非お祝いしたいです。プレゼントなにか欲しいものありますか？　やっぱり本かな？　手作りのブックカバーにしてみようかな。ぎりぎり間に合うかと思います。いくつになるのかしら。きっと私の方がお姉さんです。つい先月、私も誕生日だったんです。俊之さんともうちょっと早く出会えていれば楽しく誕生会できたのに、残念。今日は家でお菓子作りをしようと思っています。美味《おい》しいって、よく言われるんですよ。私自慢のクッキー、よかったら今度、食べてみてもらいたいと思っています。

五月二十一日

はじめて声をかけてくれましたね。すごくうれしいです。やっぱり私の思った通り優しい人ですね。あなたは私の事を考えて、手紙もうやめてくれなんて言ったけど、全然むりなんてしてないんですよ。むしろ楽しいです。だから大丈夫。

また、手紙書きますね。では、いつもの電車で会いましょう。いつもの車両で待ってます。

五月二十五日

あのクッキー、どうでした？　ちょっと甘すぎましたかね。そういえば、最近気がついたのですが、会うたびに車両が変わっている気がします。何かありましたか？　まさか変な女に付きまとわれたりしているんじゃないですか？　今流行《はや》りのストーカーとか。

だいたい、ストーカーって何だか理解しがたい生き物です。あ、そういえば部屋結構きれいにしてますね、さすがA型。ちょっと通りかかったからのぞいちゃいました。

五月三十日

はっきり言って、今日あなたを見ているのはとても辛かった。あなたはひどく落ち込んでずっとうつむいていた。時折涙を浮かべて。あなたのアパートの前は騒々しい程に人だかりができていました。大変だったのですね。こうしてよく考えると人間てなんて儚《はかな》い生き物なんだろう、と思います。昨夜、私の勤め先の病院に運ばれて来た時はそれは無残なものだったそうです。奥さんだったんですね。大丈夫、時間がたてばわすれますよ。そういえば、今日はあなたの誕生日ですね。ブックカバーはやめました。それよりも、サスペンス好きのあなたにぴったりな最高のプレゼント、見つけました。喜んでくれるかしら。

←ラブレター

治療

自分が何者なのかがわからない。どこから来たのかもどこに居るのかも。ただひとつわかっているのは自分を殺すのが自分だということ。

よしえはホッとしていた。看護学校を卒業してすぐ、川北医院への就職が決まったからだ。無理を言って通わせてもらったのに、これで就職出来なかったら看護学校にも行けなかったときさえや、お金を出してくれた親に申し訳がないと思う。

ずっと看護婦になるのが夢だった。

それは幼いころ大好きなおばあちゃんを病気で亡くしていたからだ。

よしえはおばあちゃんが大好きで、おばあちゃんもまた、よしえが大好きだった。

いつも家に帰ると真っ先におばあちゃんの膝《ひざ》の上に飛び乗る。

後ろから抱っこされたまま左右にゆらゆらしてもらいながら寝るのがたまらなく好きで、そこが唯一の安心できる場所だった。

おばあちゃんはいつも笑っていた。

おじいちゃんが死んだ時も、病気になった時も、よしえの前では笑顔を絶やさなかった。

おばあちゃんは笑顔のまま死んだ。

よしえはおばあちゃんの葬式で看護婦になる事を誓った。

「本当によかった、憧れの看護婦になれたなんて。夢みたい」

川北医院は近所でも評判の総合病院で、よしえも小さい頃からかかりつけになっている。

家からは歩いて二十分くらい。

玄関を出て左にまっすぐ行くと煙草屋があり、よしえはそこのおばあちゃんにおはようのあいさつをするのが日課だ。

突き当たりを右に曲がり、四本目の電信柱まできたら道の反対側に渡ると青地に白ででかでかと川北医院と書かれた看板が出ている。

そこを左に曲がると到着する。

重たいガラスのドアが開く。

妊婦の遺書
私はいまから飛び降ります。
自殺と殺人両方味わえる、今日は人生最高の日です。

僕とマムの遺書

マム、愛して。いつものように微笑んで。
マムは僕を愛してなどいなかった。
僕に亡き夫の面影を重ねていただけだった。
バターをうすく塗ったトースト
ミルクの多い甘いカフェオレ
ラズベリーソースのかかったヨーグルト
マムはいつもこのメニューで朝を始める。
僕は不安になる。
太陽に照らされたら昨夜の事がリセットされてしまいそうで。
だからいつもと変わらないメニューを見てホッとする。
けれどマムは何事もなかったかのように僕を子供として扱う。
僕とそういう関係になった事を後悔しているようだった。

マム、僕は後悔なんてしていないよ。
僕を僕として見て。
このまんまるい二つの瞳で。
今日は僕が歌うよ、子守唄を。
マムみたいにやさしい声では歌えないかもしれないけど。
これで一緒に眠ろう、永遠に。

少年の遺書

おかしいんだ。今から死のうとしているのに、嫌いなピーマンを一口食べた。
なぜだかわからない。ただそんな気になったんだ。
そしたら、ちょっとだけ、おいしく感じた。
それだけ。ただそれだけなんだけど。

或る女の遺書

私は夢も希望もない、二十五歳の女です。

上京したら何かが変わるかもしれない、そう思ったんです。

でも、何も変わらなかった。

私の仕事は、掃除機のコードに黄色いテープを巻く事です。

赤のテープは桜井チーフです。

なかなか赤にあがれません。

一時間80黄色がノルマなのですが、私はどんなにがんばっても4黄色しか巻く事が出来ませんでした。桜井チーフは3000とんで6赤です。

そんな私に会社での風当たりは冷たく、しかしそれに反して掃除機のお尻からでる風はなんとも温かかったのです。

そしてある日、突然のリ・ストラクチャリング。

解雇となった私。

コードは延長できるのに、契約は延長できなかった。

こんな4黄色な私を雇ってくれるところなど、どこにもない。

北海道にもない。

九州にもない。

ノースカロライナにはある、けど遠い。

私は生きる希望を失った。

今から死にます、このコードで。

あ、汚れると思うんで、掃除よろしくお願いします。

肉の遺書

「おかあさん、きょうのごはんなあに?」

「今日はね、ステーキよ」

「うわーい、うれしいや。ところでおとうさんおそいね。こんなおいしそうなステーキいっしょにたべたかったのにな。またざんぎょうなんだろうな。まいにちまいにちしごとしごとって、ほんとうにあたまがかたいんだから」

「あらそこ頭じゃないから柔らかいわよ」

劇団員の遺書

困ってしまった。

俺の所属している「劇団パラノイア」の秋の演目が発表された。

「なにごともなき日のように」という題名で、いつもうちの劇団でお世話になっている脚本家、本田義則の初期の作品だ。

事件を起こしてしまった青年が刑務所の中で様々な人と出会って成長していく話だ。

この作品は評判がいいらしく、年に一度は公演をしている。

俺はこの劇団に入ってまだ四年しかたっていないが、それでも六回はみている。

劇団に入ってからの四回はもちろん、プラス入る前の二回。

だからどんな話の流れで、どんな展開で、どんなオチなのか全て知っている。

素晴らしい作品だと思っている。

なのになぜ困っているのかというと、俺は今回初めて主役を演じることになったからだ。

もちろん嬉しいし、光栄なのだが、プレッシャーの方が大きい。

今までずっと回想シーンで出てくる友人の役だったのに、急に主役に抜擢《ばってき》された。

最近劇団員が辞めたり入ってきたりしていたからか、気付いたらそんなに上がいなくなっていた。

俺が困っているのは主役のプレッシャーというより、演技そのものに対してのそれだった。

普通に芝居をするのはそんなに下手ではない。

ただ、ないものをあるように見せる、つまりパントマイムが苦手だった。

普通劇団というのは出来る限りセットを組んだり実際の道具を使ったりする。

ところが今回、俺が演じる青年というのが、牢屋にいる時にのびのびとし、外に出た時に窮屈を感じるちょっと風変わりな役なのだ。

その、外に出た時の窮屈を表現する時に見えない檻《おり》のパントマイムが必要となる。

それがうまく出来ないとこの舞台は台無しになってしまう。

でもそんな事ばかり言ってても何も始まらないのはわかっている。

若手にせっかくの主役を取られたらたまったものじゃない。

俺はパントマイムを習う事にした。

劇団を辞めて会社員になった先輩の紹介で、パントマイムで有名な名取めぐみ先生の何番か、いや何十番目かの弟子だという草月保さんに教えてもらえる事になった。

最初はこんな小僧みたいなのが本当に出来るのか？　なんて思ってたけどいや、さすがパントマイムで有名な名取めぐみ先生の何番か、いや何十番目かの弟子だな。

みるみるうちに見えない壁も見えてきて、ありもしない紐《ひも》や机まであるかのように演じられるようになってきた。

これでやっとみんなと合同稽古が出来る。

けどなんだか最近おかしいんだ。

家の壁がせまってきているようなんだ。天井も。

家だけじゃない、外にいたってそうなんだ。

日に日にせまってくる。せまってくる速度もあがってきている。本当なんだ。

俺はこの見えない壁と天井にまもなく押し潰《つぶ》されてしまうだろう。

公演はもうすぐだっていうのに畜生。俺は俺の夢とともに押しつぶ……され……て……しま……ううっ。

学生の遺書
昨日僕、死のうと思ったんです。毎日楽しくないし、なにやってもうまくいかないし。
だから思い切って学校の屋上から飛び降りてやろうと思ったんです。
でも失敗しちゃって。

「明日こそみてろ‼」

なんて言っちゃったもんだから、また今日実行しなきゃいけなくなっちゃって。ええ、やってきましたよ。うそつきっていじめられたら今後生きていけないでですからね。

いや、もう生きる予定はないんですよほんとに。

だからまたおととい告白してフラレた女子呼び出して、は？　また？　連日？なんて顔されちゃいましたけど、今度欲しい物買ってあげるからってなだめたら気軽にオッケーって、ああ、この笑顔に惚《ほ》れたんだな僕は、なんて思いましてね。いやあかわいいんですよ、八重歯がとっても。ああ舐《な》めたいな。あのとがった部分を、ちょっと、ひかないでくださいよ。

そうそう、いじめてたやつらのロッカーにもまた「昨日せっかく呼び出してくれたのに無断キャンセルしちゃってごめんね、でももう死ぬから最後に、お前ら絶対に許さないからな、よく覚えてろ！」って手紙入れて。ええ、僕も感情わけわかんなくなっちゃって。

それでいよいよ放課後、いざ屋上にあがって、そこから下を見下ろしたんです。そしたらひどいんですよ、ギャラリーたちが「え？　昨日と同じパターン？」って顔するんですよ。

中にはそのまんま口に出しちゃってる人もいましたし。

よくもまあこれから死にますよって人間にあんなひどい事が言えたもんだなと思いまして、「だったらお前がやってみろよ！」って言ってやったんです。

そしたらみんながみんな「それは違うだろ」って顔して、警察までもがですよ？

まあそりゃそうなんですけど。

だから僕、こういう事もあろうかとたまたま持ってた睡眠薬を一気に飲もうとしたんですよ。そうしたら女子！　あいつが、

「あれラムネでもわかんなくね？」

みたいな事言って。そんなズルしませんよ。あのブスが！　八重歯生えてるからまあ許してやったけど。ああ八重歯舐めたいな。あのとがってる部分、ちょっとうそですよ。

でもほんと無理ですよ。

だってなんで屋上なのに飛び降り以外で死ななきゃいけないんですか。

同じでいいでしょ、どうして大喜利みたいになってんですか。

で、しょうがないから僕、「いいでしょ、わざとわざと、テンドンだよ」って言ったんです。

同じ事繰り返してやるっていうお笑いの技術のあれです。

そしたらもう、なんで通じないのかなー、警察官さんが一言「食べたいのか！」って。

んなわけないでしょーが。

仕方がないから言いましたよ。

「昨日も来た人いますか〜？　じゃあ昨日と全く同じ飛び降りですけど、許してください」

なんですかこれ、地方営業のお笑い芸人ですか。

いや実際言ってるかまでは知らないですよ。

それで、同じとは言ったものの、やっぱりちょっとアレンジしないとな、と思いまして、それで思いついたのが、お母さんが僕を説得すれば成立するんじゃないかなって事なんです。だってよくドラマとかで見る一番感動する場面でしょ。そしたらお客さんも感動、僕も綺麗《きれい》に家に帰れる、こりゃ一石二鳥だなんて思いまして。

でもやっぱりあの警察、相変わらず察し悪くて、

「あ〜そういえば子供の頃お母さんが夜なべしてなんか手袋的なもの編んでくれたな〜」

とまで言ってるのに全然気付かず「へえそうなんだ」みたいな感じなんですよ。だからとうとう業を煮やして「お母さん呼んできてください」と言いましたよ。ええはっきりと。なに？　マザコン？　みたいになってましたけどもうそんなのどうでもいいですよ。お母さんが来てくれれば全て解決するんですから。

それで暫く待って、とうとうお母さん来たんです。

よーっしゃ、感動をひとつばかし頼むよなんて思いながらパッと見たらおばあちゃん来てるんですよ。

うわー恥ずかしい。

参観日にうちだけおばあちゃん来ちゃった事がフラッシュバックしてきて、もう早く帰りたかったです。おばあちゃん大きい声で、「お母さん夕飯作ってるから来られないってよ。ユウキもこれが終わったら早く帰っておいでよね」って。

なんか僕、一人だけ感動しちゃって、号泣しちゃったんです。

だからもう死ぬのやめようって思ってみんなに謝って帰ろうとしたんです。

なのに屋上の柵ギリギリまで来て、

「明日こそみてろ‼」

あれなんで言っちゃうんだろ僕。癖なんですかね。ああ明日どうしよう。またいじめてたやつらにも呼び出されてるし。僕、明日本当に死ぬっぽいです。

「うん、ちょっとずつ人格が減ってきたようだね。この治療はいいみたいだ、続けましょう。うん、よかったよかった」

川北院長はカルテをよしえに手渡す。

「でも、一番厄介《やっかい》なのはね、キミは自分が看護婦だと、勘違いしちゃってるところなんだよね」

乾杯

チャペルの鐘が鳴り響きオルガンがやさしい音をつくる。扉がゆっくり開かれた。一斉に視線が向けられる。外からの心地よい日差しが当たり純白のドレスがまぶしく光る。

真っ赤なバージンロードをゆっくり歩く花嫁の顔はこれ以上ないくらい幸せに満ち溢《あふ》れていた。

青年実業家と結婚、寿退社、誰もが羨《うらや》むフレーズがどんどん浮き上がり教会内を埋め尽くす。

「人生で最高の日ね」

キラキラ輝く花嫁を見ながら参列者たちは笑顔で祝福した。

「新婦の友人の柏木です。今日は伺えなくてごめんなさい。彼女とは小中学校が一緒でよく遊びました。もともと双子の妹の友達だったんですけど、なんか私の方が仲良くなっちゃって。よくかくれんぼをして遊びましたね。楽しかったです。しょっちゅう鬼になっていたあなただから立派な旦那さんをみつけることが出来たのかな、なんて。私のいい人もかくれてないで早く出て来てほしいです。とにかく、結婚おめでとうございました。」

「えー、本日はご結婚おめでとうございます。ただいまご紹介にあずかりました新婦の上司にあたります、部長の佐伯《さえき》道郎と申します。このようなおめでたい席に出席させていただき誠にありがとうございます。職場での彼女はいつも元気で明るく、てきぱきと仕事をこなし、人が嫌がることを率先してやってくれ、そんな彼女に私は何度となく助けられてきました。これからはそれを家庭で生かし、よい妻となってくれることでしょう。いなくなってしまうのはとても悲しいですが彼女が選んだことです。それでは、多くの諸先輩方がご列席されている中、私のような若輩者がご指名いただき、大変恐縮ではございますが、乾杯の音頭を取らせて頂きたく存じます」

スピーチをしながら彼女と知り合った時のことを考えていた。彼女が社に入って来た当時、俺は課長だった。妻のお腹に念願の子供を授かったことがわかり、これからますます仕事を頑張らねばとはりきっていた。

ただ、妻はつわりがひどく、どんどんヒステリックになっていた。俺は家に帰る度にあたられた。妊娠中は精神的に不安定になるものだ、と妻に是が非でも読めと渡された本に書いてあったから予想はしていたが、今思うとうちの場合、特にひどかったのだと思う。

俺は妻のお腹をさすったり、食事を用意したりとできる限り尽くしてはいたが、「産むのはあたしなんだから当然でしょ」なんて顔をしてくるものだから腹が立った。そのうえ、残業をして遅くなったりすると不機嫌になる。

上司に打ち合わせがてら飲もう、と誘われて行っても、「打ち合わせになんで酒が必要なのよ」とくる。

俺がいいなりになっているから味を占めたのか、安定期に入ってからもその態度は続いた。

俺はだんだん家に帰るのが嫌で嫌でたまらなくなっていた。生まれる時についていればいいだろう。そう思って俺はまだ見ぬ子供のためにという名目で遅くまで会社に残って働いた。

ある日、残業が終わり帰ろうと電気を消すと「キャッ！」と声がした。うちのオフィスは一部屋一部屋がやけにだだっ広い。だから注意して見ないと遠くのところまでは目が行きとどかない。

「ごめんごめん、今点《つ》けるから」

急いで電気を点け直し一周見渡すと、ちょうど俺の席からはテレビで死角になっているだろう位置に一人の女性がいた。

落としたボールペンを拾い上げ黒いセミロングの髪を耳に掛けながら、「もう、課長ったら」と彼女は頰《ほお》を少し膨らまし、わざとらしく俺を睨《にら》んだ。

(こんなかわいい子、いたっけか)

新入社員の面倒は他の社員が見ることになっている。しかも今回はたくさん採ったみたいなので新入社員の顔も名前も全く把握していなかった。

「君、なんて名前だっけ?」

「えー、課長、自分が面接しといて覚えてくれてないんですかー?」

彼女はきょとんとしたあと、馴《な》れ馴《な》れしく少し甘えた感じに言った。

たしかに面接には立ち会ったが質疑応答には参加しなかったのでわからなかった。申し訳ない気持ちで「すまん」と言うと、「じゃあ、今から飲みに連れてってくれたら教えます」と笑った。

妻には打ち合わせが入ったとでも言えばいいか。俺は彼女を独身時代よく通ったバーに連れていくことにした。

二人で会社を出て少し歩き、太陽商店街の入り口を左に曲がるとそれはあった。

木製の重たいドアをギイと開けるとおなじみのマスターの顔が飛び込んでくる。

中肉中背、ほのかに日焼けしていて落ち着いた渋い声。モテてきたのだろう。どこか俳優の長塚京三のような雰囲気のある五十代だ。

「佐伯さん、久しぶりだね。結婚してすっかり落ち着いちゃったかと思ったら、やっぱり戻ってきたね」

隣に連れている女の子を見ながらマスターはにやにやした。

「そんなんじゃないよ」

ただの部下だと説明したが、マスターは「今はね」と言ってどうしてもそっちに結び付けたいようだった。

マスターは正しかったのかもしれない。俺は今まで自分がモノにしたいと思った女の子をここに連れて来た。妻ともここで何回かデートを重ね、プロポーズしたのだ。マスターは妻への口説き文句から贈ったプレゼントの中身まで何でも知っている。

気恥ずかしい気分と、余計なこと言うなよという気持ちでマスターの目を見ながらカウンターに腰を下ろした。

ここに連れてきた時点で俺はもう彼女のことが気になっていたのかもしれない。何を話そうかと考えとりあえず会社の話をしだすと、「もう仕事の時間は終わりましたよ」と彼女は遮った。

俺たちは好きな本や音楽の話をしながら酒を飲んだ。久しぶりに仕事も家庭も忘れた。彼女は若い子にしては酒が強く、帰る頃には俺の方が酔ってしまうほどだった。

家に帰ると案の定、妻が鬼の様な形相《ぎょうそう》で待っていた。勢いよく飛んできた濡れブキンをしぶしぶ拾いながら、

(しばらくは飲みに行けないいな)

そう思った。

次の日、妻は相変わらずの仏頂面で(見えていないが多分)布団の中から「いってらっしゃい」とくぐもった声で送りだした。

「今日は早く帰れそうだ」俺は大きな声でそう言って、玄関のドアを閉めた。本当に今日は妻のご機嫌をとるため早めに帰宅しようと思っていた。

ところがいざ会社に行ってみると、システムトラブルでパソコンが使えず、午前は何も業務ができなかった。そのせいで否応なしに皆残業となった。

終わった部下から先に帰って行く。最終的な書類の確認をするのが課長である俺の役割なので最後の一人が終わるまでは帰ることができない。残っているのは例の彼女と俺だけだった。

(もうこんな時間か)

時計をチラリと見ると、彼女はそれに気付いたようだった。

「すいません、私のせいで。でも、私でよかったでしょ」

最後の書類を渡しながら意地悪く微笑んだ。

帰りがけにまた彼女を誘い、あのバーに寄った。

「本当に今日もいいんですか？　私はうれしいですけど」

「いいんだ、もうどっちみち遅かったから何時に帰っても一緒だよ。どうせはなから残業って言ったって信じてもらえないんだから」

「ふーん、課長かわいそう」

「しょうがないよ、子供が生まれる時はピリピリするものさ。つわりにも強い弱いがあって……」

俺は本からの受け売りをそのまま自分の経験のように話した。彼女が嫌な顔をしなかったのをいいことに俺は話を続けた。

「だから、周りができるだけ気を使ってあげないといけないんだ。それで」

意気揚々と話す俺の口が突然塞がれた。目の前に彼女の顔があった。

「課長、ごちそうさまです、また明日」

彼女は驚いている俺の顔から離れると、自分の荷物を取りさっさとバーから出て行った。

俺はわけがわからず一瞬ぼんやりしていたがマスターと目が合い、ハッとして残りのウィスキーを飲みほし、店を出た。

（ごちそうさまって、どっちに対してのごちそうさまだ？）

なんて考えながら家に帰ると醤油《しょうゆ》さしが飛んできた。こぼれた醤油を拭こうとフキンを取りに行きながら、

（どうせなら濡れブキンも投げてくれればいいのに）

なんて思った。

次の日、昼過ぎに俺がトイレから戻るとデスクにある飲みかけのコーヒーの入ったマグカップの下に一枚のメモが敷かれていた。「いつものところで」とだけ書かれていた。

(誰からだろう)

とは思わなかった。もうわかっていた。

いつもの席でいつもの酒を飲んだ。俺たちはそのままの足でホテルへ行った。付き合う付き合わないの確認はお互いなかったが、気持ちはわかっていた。

それからは誰にもばれることなく交際を続けた。

俺は彼女の望むことは何だってした。

ブランドのバッグだって買い与えたし、二人で会うためのマンションも借りた。妻の出産にも立ち会わず彼女とフレンチを食べて過ごした。彼女がユリの花が好きだと言うから生まれてきた子供の名前も百合子にした。

俺は彼女のことしか考えられなくなっていた。

妻と離婚し、子供と別れ、彼女に会いにマンションへ向かった。

彼女の細い薬指に指輪をはめ「結婚しよう」と言った。

すると彼女は指輪をしたままマンションを出て行った。

それっきりマンションにもバーにも戻って来なかった。会社で会ってもそっけなくなり仕事以外の会話はしなくなった。

俺は捨てられたのだ。

それが事実としてわかった頃には遅かった。俺は何もかも失っていた。

俺はこんな女にだまされていた。

あんなに貢がせていた俺を堂々と結婚式に呼べるなんてたいしたもんだ。

実業家と結婚？　やっぱり金じゃないか。

俺のことを金としか見ていなかったんだな。

指輪まで奪って。

許せない。

あの飲み物の中にその思いがたらふく入れてある。今日は人生最高の日になりそうだ。

「そう、いなくなってしまうのはとても悲しいですが。それではみなさん、乾杯！」

「わたしのゆめはおよめさんになることです。かっこいいだんなさんとかわいいこどもとペットで、ひろいおやしきにすみます。ひろくてそうじがたいへんなのでおてつだいさんが三にんもいます。キッチンにはせんぞくのシェフがいてまいにちおいしいりょうりをつくってくれます。たべすぎたときはちかのへやでうんどうして、にわにはおっきいプールがあってそこであそんだりしてまいにちパーティーをしながらたのしくくらします。」

昨夜掃除をしていて偶然見つけた幼い頃に書いた作文。その夢が今限りなく近く私の手の届くところにある。

でもね、私はあなたのことが好きだった。

ねえ、私があなたの存在を知ったのはいつだと思う？　入社してから？　面接の時？　ううん、私たちもっと前に会っているのよ。

あのバーの前でね。

私は当時大学一年生で飲食店でのアルバイトが終わって帰るところだった。酔っ払いに絡まれていた私をちょうどバーから出てきたあなたが助けてくれた。

これを今あなたに言ったとしてもきっと、

「女を連れていたから、いいかっこうしたかっただけだ」

なんて言うんでしょうね。

私はその日からあなたのことばかり考えるようになった。

あなたがいるからこの会社に入ろうといっぱいいっぱい勉強して、やっと近づくことができたの。

暫くしてあなたが結婚しているとわかった時は驚いた。

その時ばかりは悔しくて悔しくていっぱい泣いた。でも自分の気持ちに嘘はつけない。本当に苦しかった。私は結局自分がかわいかった。

付き合わなければいい。気持ちだけ通じていればいい。

そう思ったの。

私はあなたに存在をわかってもらうために毎日残業したわ。そして見つけてもらえた。そして手に入れた。

私はあなたに愛されてる。

そう思うだけで幸せだった。他にはなにも望んでなかった。

それなのに、何度かデートを重ね、ふとこのままだとあなたはおかしくなってしまう。

そう感じた。

直感は当たり、あなたは私といるようになってから私の誕生日や記念日に豪華な食事に連れて行ってくれたり、高価なプレゼントを貢いでくれたりするようになった。

綺麗なマンションまで借りてくれて高い家賃も払ってくれる。

こんなにまでしてくれるのはうれしかったけど、まずいなって思ってた。

ある日、私はあなたが私に使っているその金は会社の金を横領して工面していたことがわかったの。

私がたまたま経理に異動したあとだったからよかったものの、会社に知られたら大変。

私は借金をしてその金を誰にもばれないように補塡《ほてん》した。でもその度にあなたは私のために金を盗んだ。その金額はもう私がいくら頑張ってもどうすることもできないくらいふくれあがっていた。

そんな中、高校時代の同窓会で偶然、元彼に会ったの。彼はまだ私のことが好きみたいでまたしつこく交際を迫って来た。

私は断った。

けれどもそのあとでわかった。彼が今青年実業家として成功しているってことが。

私は彼に愛していないと言った。

彼はそれでもいいと言ってくれた。

だから私借金を全額返済してくれることを条件に彼と結婚します。

あなたが好きなんだもの。

でも見て。私の薬指にはあなたからもらった指輪が輝いているのよ。

あの時もらった人生で最高のプレゼント。
素敵なスピーチありがとう。
乾杯。

うちのハンバグー

2ねん1くみ　はるやまけんた

うちのペットはぼくがうまれたときからいます。

おとうさんがひろってきたそうです。

おかあさんはそのことをあまりよくはおもっていないようで、ぜんぜんせわをしてくれません。

おとうさんもしごとがいそがしいので、かわりにぼくがせわをします。

ぼくのしごとはおもにえさやりとさんぽです。

ペットはぼくたちのごはんののこりものにみそしるをかけたものをやると、よだれをたらしながらおいしそうにたべます。

ペットはぼくがさんぽをさぼると、ふくをひっぱってあまえてきます。

だからぼくのふくはよだれだらけでぼろぼろです。

これいじょうぼろぼろになるのはいやなのでしかたなくさんぽにいきます。

いえをでてちかくのこうぎょうちたいのそうこがならんであるところをひだりまわりにまわってようろうがわのどてにいきます。

どてにいくとおなじクラスのいいんちょうのはせべさんにであいました。

はせべさんはまっしろでかわいいイヌをつれていました。

「はせべさん、そのイヌかわいいね」

「うん、シロっていうんだ。まっしろだから、シロ」

「ふーん……」

ぼくははせべさんのかわいいイヌとくらべてかわいくないうちのペットをみられるのがはずかしくて、なわからてをはなしてしらんかおをしました。

はせべさんにきづかれていないかとてもしんぱいです。

いえにかえっておかあさんがやいてくれたクッキーをたべながら、さんぽのとちゅうにはぐれてしまったペットのことをかんがえました。

はせべさんちのようにペットはふつうなまえがあるらしいのですが、うちのペットのなはペットです。おかあさんがつけたそうです。だからぼくもペットとよんでいます。

たべおわってそとをみるともうすっかりあたりはうすぐらくなっていました。

まだペットはかえってきていません。

このことがおとうさんにばれるとおかあさんはおとうさんにおこられてしまいます。

なのでぼくはさがしにいくことにしました。

あんなペットだからだれかにひろわれることはないだろうけど、まんがいちこうつうじこにでもあってくるまをこわしてしまったらたいへんです。

うちにはおかねがないのでおとうさんがたくさんはたらいて、いえにかえってこなくなっておかあさんがないてしまいます。

おかあさんのためにもぜったいにペットをつれてかえらなくちゃ。

ぼくはもういちどさんぽしたみちをもどってみることにしました。

いえをでてちかくのこうぎょうちたいのそうこがならんであるところをみぎまわりにまわってしょうてんがいにでました。

とちゅう、にくやのメンチカツをたべながらでんきやのまえでひょっこりひょうたんじまをみてさいごのエンディングまでみおわると、ぼくのとなりにおおきなイヌがすわっていました。イヌもひょっこりひょうたんじますきなんだなとおもっていたら、そのうしろでサングラスをかけたおじさんとでんきやのしゅじんがはなしをしていました。

そのはなしがおわると、おおきなイヌはたちあがりサングラスのおじさんをひっぱるようにあるきはじめました。よるにおしゃれでもないサングラスをしているなんてめずらしいなとおもい、おしゃれでもないぼうしをかぶっているでんきやのしゅじんにきくと、

「ああ、あのひとはめがみえないんだよ、それをあのイヌがたすけているんだ

よ」

とおしえてくれました。

モウドウケン？　というらしいです。

こんなにかしこいイヌがいるなんて、すごいなあとおもいました。

かわいいイヌがいたりかしこいイヌがいたりみんなそれぞれいいところがあるのにどうしてうちのペットはなにもとりえがないんだ。

とりえがないのがとりえかもしれない。

いや、それはへりくつだ。

へりくつ、すりへったくつ、くつほしい。かえっておかあさんにおねだりしよう。

いえにかえるとペットがろうかでうつぶせになって、ぜんしんでいきをしていました。

そうだ、ペットをさがしていたんだった。

わすれていたぼくもわるいけど、かってにかえってくるなんて、かってなやつだなあ。

こきざみにふるえていたのでとりあえずでんきもうふをかけてあげたらあつかったみたいでけとばしてきました。

こういうところがおかあさんにきらわれるのだ。

ぼくはだんだんこのペットのことがきらいになっていくのをかんじました。

そのとき、だいどころのほうからおかあさんが、

「けんちゃーん、りょうりできたわよ、はこぶのてつだってー」

というので、ぼくはりょうりをはこぶのをてつだいました。

きょうのりょうりはハンバーグーです。

ぼくはおかあさんのつくるりょうりのなかでハンバーグーはじょういにはいるので、すきです。

おかあさんもきげんがいいときにしかハンバーグーをつくらないのでとってもうれしいです。

きょうはどんないいことがあったのかきになったのできくことにしました。

「ねえねえおかあさん、きょうはなにかいいことあったの？」

「え？　どうしてわかったの？」

「だって、きょうハンバーグだもん」

「あらやだ、けんちゃんそんなふうにこんだてをみてたの？」

おかあさんははずかしそうにいいました。

「ふふふ、おかあさんのつくるりょうりできもちがわかるのね、じゃあカレーのときは？」

「いらいらしてるとき」

「じゃあトンカツのときは？」

「さみしいとき」

「じゃあラーメンのときは？」

「らくしたいとき」

「あら、けんちゃんたらそんなことおもってたのね」

「へへへ、そんなことよりはやくおしえてよ、どうしてきょうはきげんがいいの？」

「そうね、きょうはおとうさんとおかあさんがはじめてであったひなの」

おかあさんははずかしそうにでもすごくうれしそうにおとうさんとであったころのはなしをしはじめました。

はなしをするおかあさんのそのかおはとてもきれいで、ぼくははなしそっちのけでずっとおかあさんのかおをみていました。

はなしがおわり、ぼくはおなかがすいてハンバグーをたべようとおもったけど、きょうはふたりのきねんびなのでかぞくぜんいんがそろってからたべようとおもいおとうさんのかえりをまつことにしました。

ぼくとおかあさんはとけいのはりをずっとみながらしずかにまちました。

とけいからでてくるおとはいつもはきにならないのに、このときはとくべつおおきくなっているようにきこえました。

「おとうさん、おそいね」

ぼくがいうと、

「けんちゃん、さきにたべなさい」

とおかあさんはいいました。

みじかいはりがどんどんうえにのぼっていくのをみているうちにぼくはすこしねてしまっていました。

それからしばらくしてぼくはおとうさんとおかあさんのはなしているこえでめがさめました。

おとうさんかえってきたんだ、とうれしくておきあがろうとしたのだけどふたりのこえがけんかをしているみたいだったのでそのままねているふりをしました。

ぼくはふたりのはなしていることはむずかしくてよくわからなかったけど、「アイジン」とか「リコン」とか「シンケン」とかきこえてきました。

ぼくはおなかがならないようにテーブルのしたでみえないようにおなかをぎゅっとてでおさえ、めをかたくとじてずっとこころのなかでふたりがなかよくなりますようにといのりました。

かみさまにおねがいしながらねたふりをしているうちにいつのまにかほんとうにねてしまったようで、きがつくともうたいようはのぼっていてじぶんのベッドにいました。

だいどころでねてたはずなのにおかしいなあ。

ぼくはゆめをみていたのかもしれません。

そうです、きっとゆめにちがいない、おとうさんとおかあさんがあんなケンカするわけがない。

だっておかあさんはあんなにおとうさんのことをうれしそうにはなしていたし、ハンバグーだってぼくがねているあいだにふたりでたべたにきまってる。

きのうのハンバグー、のこってたらぼくもたべよう。

だいどころにいくと、おとうさんとおかあさんがあさごはんをたべていました。

ほら、やっぱりケンカなんかしてない、よかったひとあんしん。

「あら、けんちゃんおはよう、おなかすいたでしょ？」

「うん！」

そういうとおかあさんはおさらにごはんをもり、そこにトンカツをのせ、カレーをかけました。

「きょうはカツカレーよ」

カツカレー？

……トンカツ……カレー。

ゆめじゃなかったんだ。

ぼくはカツカレーにてをつけずに、うつむいたままテーブルのしたをみつづけていました。

テーブルのしたではペットがえさをおいしそうにたべていました。

みると、そのえさはきのうぼくがたべるはずだったハンバグーでした。

かぞくみんなでたべるはずだったハンバグー、それをなんのかんけいもないペットがきたなくくいちらかしている。

ぼくはおかあさんのきもちがたべられているようなきになって、おもわずペットのがんめんをけりとばしました。

そのあとぼくはテーブルのしたにもぐりこみ、ハンバグーをうばいくちのなかにいれました。

こんなペットにたべられるくらいならぼくがおかあさんのきもちをたべてやる、そのほうがおかあさんもきっとよろこぶはずだ。

テーブルからかおをだし、

「おかあさん、ハンバグーおいしいよ」

というと、おかあさんはぼくのくちからハンバグーをはきださせ、

「きたないからやめなさい！」

とこわいかおでいいました。

ぼくはさいしょなにがおこったのかわからなくぽかんとしていましたが、きづくとなみだがいっぱいでておおごえでないていました。

あのときのことはあまりおぼえていないけど、おとうさんがぼくのほうをすこしもみずにしんぶんをよみつづけていたことだけははっきりおぼえています。

そのひからおとうさんはあまりいえにかえってこなくなりました。

おとうさんがいないじかんがふえるとおかあさんはトンカツばかりつくるようになり、ぼくのすきだったあのえがおもみられなくなりました。

ぼくはおかあさんのえがおをまたみるにはどうしたらいいかかんがえました。

そうだ、おかあさんがきらいなペットをぼくがいたずらしたらまたわらってくれるかもしれない。

ぼくはそのひからおかあさんのまえでペットにいたずらするようにしました。

さいしょはゆせいマジックでまゆげをかいたり、けのいろをなな しょくにそめたり、ふりょうがいっぱいいるがっこうにわざとまよいこませたりしました。

そのたびにおかあさんはすこしほほえんでくれるようになりました。

モットオカアサンノエガオガミタイ、モットオカアサンノエガオガミタイ
ぼくのきもちはだんだんとおかあさんのためにペットをどうすればいいか、そのことばかりかんがえるようになっていました。

あるとき、ペットがおどろいたときのかおがおもしろいとおかあさんがいっていたので、ぼくはねているペットのかおのみみもとすれすれになんさつもかさねたじしょをたかいところからおとし、そのはんのうをおかあさんにみせようとおもいました。

ペットはとびはねめをむいてさけびごえをあげました。

するとおかあさんはこどものようにむじゃきにわらってくれました。

ぼくはうれしくて、そのひからペットがねるたびにこのいたずらをくりかえしました。

あるひ、ペットがいなくなりました。

どうしよう、ペットがいないとおかあさんはわらってくれません。

ぼくはいそいでさがしにいくことにしました。

いつものさんぽコースである、いえをでてちかくのこうぎょうちたいのそうこがならんであるところをひだりまわりにまわってようろうがわのどてにいきます。

どてにいくとおなじクラスのいいんちょうのはせべさんにであいました。

はせべさんはまっしろでかわいいイヌをつれていました。

「はせべさん、そのイヌかわいいね」

「うん、シロっていうんだ。まっしろだから、シロ」

「ふーん……」

「まえ、いわなかったっけ?」

「それよりはせべさん、うちのペットみなかった?」

「え? ペットなんかかってたっけ」

「あ、いや、かってない」

「なにそれ？」

「あ、えっと、そういえばはせべさんのそのイヌってねてるときにじしょおとしたらおもしろいかおする？」

「は？」

「な、なんでもない。じゃーね」

あぶなかった、もうすこしでぼくがペットをかっていることと、じしょをおとしていること、それときゅうしょくひをはらっていないことがばれるとこだった。

けっきょくみつからずいえにもどったぼくはそのままいえにはいろうとおもったけどやっぱりもういちどおなじみちをさがしにいくことにしました。

いえをでてちかくのこうぎょうちたいのそうこがならんであるところをみぎまわりにまわってしょうてんがいにでました。

とちゅう、にくやのぎょにくソーセージをたべながらでんきやのまえでゲバゲバ90ぷんをみて90ぷんぜんぶみおわると、ぼくのとなりにおおきなイヌがすわっていました。イヌもゲバゲバすきなんだなとおもっていたら、そのうしろでサングラスをかけたおじさんとでんきやのしゅじんがはなしをしていました。

そのはなしがおわると、おおきなイヌはたちあがりサングラスのおじさんをひっぱるようにあるきはじめました。よるにおしゃれでもないサングラスをしているなんてめずらしいなとおもい、おしゃれでもないでんたくをもっているでんきやのしゅじんにきくと、

「ああ、あのひとはめがみえないんだよ、それをあのイヌが……」

「モウドウケンですよね？」

「え？　あ、ああ、よくしってるね」

「とうぜんです、でも、ぼくはかしこいイヌにはきょうみがないんです。じしょをおとしておもしろいかおをしてくれたらそれでいいんです」

でんきやのおじさんがなにかいいたそうなかおをしていましたが、ぼくはそれをむししてペットをさがしにいきました。

しかしペットはみつからずあきらめていえにかえることにしました。

いえのまえまできたところで、しらないまっかなくるまがぼくのいえのまえにとまっていました。くるまからでてきたおんなのひとがぼくのいえのなかのよう

すをじろじろとみていました。

「なにかごようですか？」

「いえ、ちょっとここのおくさんにはなしがあって。ぼくはここのこ？」

「はい」

そのおんなのひとはとてもあいそのいいえがおでちかづいてきました。

が、こうすいのにおいがきついので、ちかづいてきたぶんはなれました。

それまではぼくはおんなのひとにめがいってってきづかなかったけど、くるまをよくみたらおとうさんとペットがいてこちらをみていました。

「ペット！」

ぼくはおもわずこえをあげ、ちかづこうとしたらこうすいのきついおんなのひとがまえにきて、

「ペットだなんて、なにいってるの？　それより、おかあさんいるかな？」

ぼくはペットのことがきになってそれどころではなかったのできこえないふりをしました。

「もしおかあさんがいたらつたえてほしいの、おとうさんはもうかえらないって。

シンケンはいらないからリコンしてください、いえるかな?」

ぼくはあのときのケンカにでてきたことばがこのおんなのひとのくちからでてきたことにおどろきました。そしてのこったことばもおもいだしました。

「アイジン……」

「な、なによこのこ、ひとのことアイジンだなんて。どうせ、あなたのおかあさんがそうおしえたんでしょ。そんなげひんなことばをおしえるなんて、あのおんなのそういうところがおとうさんうんざりだったのよ。わたししってるのよ、あのおんながあなたのおじいちゃんのことをペットってよんでてあなたにもそうよばせてるってこと。くるってるわよ!」

ぼくはそのときはじめてペットがおじいちゃんというなまえであることをしりました。

そのごもおんなのひとはぼくにむかってなにかをわめきつづけていましたが、とつぜん、

「ぎゃ」

ということがきこえたあと、まっかなちがぼくのかおにふりかかり、おんなのひとはまえのめりでたおれてしまいました。
そのあとのことはおぼえていません。

おかあさんがごはんをつくりおとうさんがしんぶんをよんでいます。おかあさんはまいにちはなうたをうたってごきげんです。おじいちゃんもいっしょにごはんをまっています。ぼくのいえにはえがおがたえないです。きょうもだいすきなハンバグー。おかあさんはまだざいりょうがたっぷりあるといっています。このハンバグーは、とうぶんつづきそうだ。

クレーム

　ちょっと、いいかげんにしてくださいよ、私怒ってるんですよ、もしもし、聞いてますか？　え、私ですか？　私はおたくで眼鏡を買った者です。おたく「アイズ山田」さんですよねえ、おたくね、いいかげんに謝ったら、え？　ちがうの、「会津の山田」さん？
　なんですかそれは、あ、いえ、なんでもないんです。すいません間違えたみたいです、失礼しまーす。なによこれ、こっちが逆に謝っちゃったじゃないの。そもそもなによ、会津の山田って。よく親戚とかが北海道の井上です、とかって電話掛けてくるけどあれみたいなものかしら？　あれ一体なんなのかしらね、なんのために言うの？　住まいと名前が一致しないとどうせピンとこないんでしょみたいなあれ相手がどれだけ馬鹿だと思って掛けてるのよ、失礼よ。でも百歩譲って電話掛けるほうが土地のあと名前言うのはまだわかるけど今回は受け手が申告する妙なパターンだわ。なんなのほんと、気持ち悪い。そんなことより繋がるまで掛けないと、あ、もしもし、アイズ山田さんですか？　え、栃木の山田さん？

　東京にだいぶ近づいてきたわ、あ、もしもし、横浜の山田さん？　ちょっと越したー！　って私何してんのよ。電話帳で調べてえーっと、ああもう電話帳って難しいわ、もうはじめの方に書いてあったとこでいいわ、それで繋がった人にアイズ山田の電話番号調べてもらおう、あ、もしもし、え、アイズ山田？　え、本当に？　アイズ山田さんですか、おーっ、いやあ、うれしいです、電話繋がって光栄です、今日はついてるなあ、あ、すいません、はい、なんでしょうか？　そうでしたっけ、私が掛けました？　あ、思い出した、アイズ山田の電話番号を調べて頂きたいんです。え、おたくがアイズ山田？　ひゃーラッキー、うれしいなあ、じゃあ話が早いです、クレームの電話です。え！　じゃなくて、いやね、私怒ってるんですよ。さっきもおたくのせいでとんだ恥かきましたしね、いきなりなにって、私にとってはいきなりでもなんでもないんですよ。会津の前にもう八回も間違えてこのやり取り繰り返してますよ。いえいえ、私事ですけど。私ですか？

だからさっきも言ったように、あ、さっきはちがうか、会津の山田さんにも言ったんですけど、ちがいますちがいます、おたくのアイズさんじゃなくて、会うに津の方の、会う津です、アウツアウツ、アウチじゃないです、なんで私痛がってるんですか。もういいです、さっそく本題に入っちゃいます。いえね、私おたくで眼鏡を買った者ですけど、私ね、怒ってるんですよ。私ですか？　柏木です、柏木ときえです。おたくに何年か前に一度伺った時は双子のよしえと一緒だったと思うんですが、そのよしえじゃない方です。よしえと私ときえの見分け方は、すぐ仮眠をとるのがよしえです。人の食べ物を物欲しそうに見るのが私ときえです。どっちもあてはまるのが、母です。そんな柏木一家の私が、なぜ怒ってるのか、わかりますよね。え、私ですか？　無職です無職。ちょっとなんですかいきなり職業聞くなんて、どういう神経してるんですか、そういうあなたはどうなんですか、こういうのって馬鹿って言う方が馬鹿なんです、無職って言う方が無職なんですよ結局、眼鏡屋勤務？　そうですよね、いいんですよ、中年女なんてたいてい無職ですからって、話戻しますけど、じゃあ私が元々おたくで眼鏡を作るに至ったいきさつをお話ししますよ。私はおたくで眼鏡作ったあと文句言おうと思って電話帳見たらおたくの番号が見つからなくて、これは目が悪くなったんだと思いおたくに行って眼鏡を作ったんです、そしたらその帰りおたくに文句言おうと思って電話帳見たら、あれ、これパラドックス生まれません？　ですよね、あれ、なんだったっけ、まあいきさつはいいじゃないですか、過程より結果ですよ、なにごとも。とにかく私は、眼鏡を作ろうと思っていた、眼鏡屋を探して街を歩きつづけること二ヶ月半、私は精神的にも肉体的にも疲れていた。体は糖分を欲しがっていた。そんなとき目にしたおたくの看板。「アイスの山田」に惹《ひ》かれ店内へ。なんでアイス売ってないんですか！　仕方なくそこで眼鏡を買うことにし、一旦家に帰り、ああ財布家に置いて来てたんです、だって持ち歩いてて落としたらあぶないじゃないですか、はい、それで家に財布を取りにいき、戻ってきて、元々ズボンのポケットに入れていたお金をその空の財布にしまい、眼鏡を購入した、と、こういうわけなんですよ。わかりました？　もしもし、あ、切れてる。ぎぎーっ、まったくもうー！　あ、もしもし？　ったく、なんで切るんですか！　私怒ってるんですよ。え？　私ですか？　私はおたくで眼鏡を買った者ですけど、私ね、怒ってるんですよ。私ですか？　柏木です、柏木ときえです。おたくに何年か前に一度伺った時は双子のよしえと一緒だったと思うんですが、そのよしえじゃない方です。よしえと私ときえの見分け方は、すぐ仮眠をとるのがよしえです。人の食べ物を物欲しそうに……あのさっきの担当者に代わってください。あぶないあぶない、最初から話さなきゃいけなくなるとこだった。あ、もしもし、とにかく、私はおたくで作った眼鏡が気に入らないってことなんです。なにが気に入らないかというと、いえ、デザインじゃないです。あのね、なにが気に入らないって私はね、いやちがうんですよだからデザインのことじゃないんですよ。私はね、はい、そうです、デザインはハート型のフレームのですけどそのことじゃなくて、あのすいません、さっきから言ってるようにデザインは好きなんです。はい、ラメがギラギラついてる、下品なハート型の、気持ち悪い、だからデザインはいいんです。デザインのことは言わないでください、ちょっとやめてください、ダサくないですよ、馬鹿にしないでください、そもそもこれ私のオーダーメイドですよ。ちょっと、失敬だな。ほんとに。え、ちょっと待っててくれ？　わかりましたよ、私待ってますから早く戻って来てくださいよ！　ったく、ん、あれ、この音楽知ってるな、チャーチャララーチャッチャッチャー♪

ああ、そうだ、やっぱりこの曲チャーチャチャラートゥトゥートゥーはいっ、あーなたにぃっ、ちょ、もしもしじゃなくて、ちょっと今戻って来ないで下さいよー。いいとこだったのにー、サビだったのにーサビだったのにー!!

いいですよ、気を利かせてもう一回行ってくれなくていいですよ。とにかくね、この眼鏡ですけどね、まあ最悪ですよ。なにが最悪ってこの眼鏡かけるとね、よく見えるんです。それはもう見違えるようなはっきりとした世界が広がっているんです。一体どうしてくれるんですか！　私もうブルーベリー食べられないですよ！　好きなのに、こんなに好きなのに！

え、見えるようになったならいいじゃないかって？　まあ私もね、はじめはそう思ったんです、けど違いました。私ね、見ちゃったんです。お母さんがスナックで働きながら、そうっと結婚指輪をはずすとこ。そのあと、お客さんと待ち合わせしてホテルの４０５号室に入ってくとこ。昼間出したことないような声出してたこと。次の日の朝出してくれたみそ汁はまだしっとりとしめっていてほのかにシャンプーの香りがしたこと、もうたくさん！　それもこれもみんな、見たくないものまで見せるこの眼鏡のせいでしょうが！

見たくないものは、この世にはいっぱいある。つくり笑い、うそ泣き、いかり肩。民族紛争、人種差別、ゴーマニズム宣言。今のこの世界を子供たちに見せてはいけない。戦争からは何も生まれない。勝った人がつくった世界、それが正しいわけじゃない。間違っててもいい、私、普通の裸眼に戻ります！　では、失礼します！

チェックメイト

「斉藤さん、絶対によくなりますから大丈夫ですよ！　ただ、ちょっと検査のために入院した方がいいかもしれません」

担当医の川北医院長が申し訳なさそうに言った。

なにか奥歯に物のはさまった言い方をする先生の手元にあるカルテに目をやると、

「長くて一年、早くて三ヶ月。今日こそちゃんと言うぞ」

とでかでかと書かれている。

（こんなことをカルテに書くなんてバカな医者だな）

本来ならショックを受けて瞳から涙が溢れ出して大号泣をして床に崩れ落ちたりするべきところなのだろうが、その時の私はなぜかひどく落ち着いていて、出されたアイスコーヒーの結露の数を見ながら、

（これをひとつにまとめたら何mℓになるのだろう）

（先生の分と合わせたら何mℓになるのだろう）

（そんなことを言いだしたら全国の結露を合わせたら何万ℓになるのだろう、それがアフリカの大地に降り注げば一体どれくらいのアフリカの子供たちの笑顔を取り戻すことができるだろう）

などという他愛もないことを考えていた。

その後入院を強く勧められたが私はどうしてもその気にはなれず、丁重にお断りして、目の前にあったアイスコーヒーのグラスの結露をハンカチできれいに拭き取り部屋を出た。

気持ちはその後も変わることはなく、医院を出て目の前にある停留所でバスを

待った。

十分程してやってきたバスに乗り込んで窓際の席に座り外の景色を眺める。

走り出したバスの窓には一面に育毛剤の広告シールが貼られていて、目に入ってくるのは使用前、使用後の頭皮のアップ写真。変わらない景色がそこにはあった。

途中、部活帰りの中学生であろう男子生徒の集団が乗り込んできて、昨日観たというお笑い番組の話で盛り上がっていた。そのうち一人の男子生徒が急に脇に手をあて、股《また》を開き、声色を変えながら「チェックメイト‼」と叫びだした。

私はあまりに突然の出来事に驚き、思わず中学生の集団を凝視した。

(この子たち一見体育会系なのにチェス倶楽部なのかしら)

その直後もう一人の男子生徒が腰を激しく振りながら、「チェス投入♡」と股《こ》間《かん》に手をあてながら白目をむいた。

(最近のチェスってこんな感じなの？　まあ、最近も何もチェス自体をそんな知らないからこれが本来の英国式のスタイルなのかもしれないけど。って英国が本場なのかどうかも知らないのだけど)

私は再び使用前と使用後の頭皮広告に目をやり、使用前の頭皮の写真を見ているうちに川北医院長をぼんやりと思い出していた。

「早くてあと三ヶ月か」

目の前の広告には大きな文字で「六ヶ月で驚きの変化！　お試しください！」と書かれていた。

（六ヶ月でこんなに変わるのか。でも私はこの驚きの変化を見ることすら出来ないんだ。もし川北医院長にこの育毛剤をプレゼントしたとしても、私は三ヶ月後の産毛がまばらに生えだしたような一番みっともない無残な途中経過しか見れないんだ。いや、しかしそれはもし効果があらわれた時の場合においてのみの話だから、もし効果がなかった時なんかはもうなんの変化もないただ育毛剤を塗り続けてるいつもの頭皮を見ることしかできないのか）

私は目的地に近づいたので「次おります」のボタンを押した。

するとその次の瞬間、私の瞳から涙がとめどなく溢れ出して大号泣をしてバスの床に崩れ落ちた。

あれほどバカ騒ぎしていたチェス倶楽部の中学生の集団も騒ぐのを止《や》め、車内全体も水を打ったような静けさになっていた。

(なんでこの感情が今なんだよ)

私は抑えきれない感情と同時に自身への冷静な指摘もしている、というよくわからない精神状態になっていた。

嗚咽《おえつ》する私をチェス倶楽部の中学生二人が介抱をし、両脇を抱えバスの出口付近まで連れて行ってくれた。

私はその中学生の手を激しく振りほどき、何も言わずにバスを降りた。

走り去るバスを見ながら、「チェックメイト‼」と白目をむいた。

家に帰ると、同棲《どうせい》している恋人の陽平がカレーライスを作って待っていた。

「刺激物は控えるようにしてくださいね」

先生に言われた言葉を思い出し、私はカレーライスのライスの部分にデミグラスソースをかけ、ハヤシライスにして食べた。

「陽平が作ってくれたカレー、おいしいね」

「うれしいよ、明美がそんなに喜んでくれるんだったら俺、毎日作るよ」

陽平がカレーのルーを私のお皿に注ぎ足した。

彼が作ってくれた食後のジンジャー入りチャイを二人で飲みながら、検査の結果をどう報告しようかとタイミングをはかっていたら、彼がテレビをつけたので、仕方なく興味のないお笑い番組を一緒に観ることにした。

彼が観ていた番組は最近若い人の間で大人気らしい「お笑い回転ずし」というもので、その名の通り多くの若手芸人が回転ずしのようにベルトコンベアーに乗って流れていきネタを披露してお客さんが審査する。

笑いの量で大トロ、中トロ、赤身、づけ、コンビーフ、の五段階に分けられ、おかわりに選ばれた芸人はもう一ネタ披露できる。

最初に出てきたのは、王族のお漫才でおなじみらしい王様と家来の格好をした漫才コンビで、ことあるごとに「バッキンガーム！」と言いながら杖《つえ》をチーンと鳴らすネタをしていた。

結果はづけだった。

次に出てきたのは、裸にガーターベルトをしたマッチョな男が右ひじと右ひざの曲げ伸ばしをしながら「そんなに感覚ねえ！　そんなに感覚ねえ！」と繰り返した後「はい、おったって〜る」というよくわからないネタをしていた。

結果は赤身だった。

（なにが面白いのかしら。こんなのを見てもこれから私に残された限られた人生になんの影響も及ぼさない。これだったら食べたカレーの鍋でも洗っていた方がよっぽど有意義な時間を過ごせる）

大爆笑している彼を横目に食器を片づけキッチンの方へと移動した。

キッチンのシンクに食器を置き、洗おうとしたらリビングの方から声が聞こえてきた。

「チェックメイト!!」

いつの間に彼が本来の英国スタイルのチェスを習い始めたんだと思い、食器の片づけもそのままにリビングへと戻った。

リビングにいた彼はチェスをしている訳でもなく大爆笑を続けていた。テレビでは一人の男性が脇に手をあて股を開き「チェックメイト!!」と言った後、腰を激しく振りながら股間に手をあて「チェス投入♡」と言って白目をむいていた。

結果は大トロだった。

私はお笑いのことが全くわからないのだが、この人はどうやら面白いらしい。彼は今までの大爆笑をさらに上回るほどの笑い声で全身を痙攣《けいれん》させるほどだった。

私は彼を一旦落ち着かせるために水を飲ませ、少しの間を置いてから、

「チェックメイト!!」

と全力で見よう見まねの芸を披露した。

すると彼はさっきと全く同じように全身を痙攣させながら大爆笑を続けた。私はこんなに彼が笑ってる姿を今まで見たことがない、このチェックメイトをしている人はすごい人なんだ。名前は……チェスたくや、さん。チェスさん。

私はその時はじめて人を笑わせることの楽しさと人を笑わせる人の素晴らしさを知った。その後も私は彼を一旦落ち着かせて水を飲ませ、少しの間を置いてから、

「チェックメイト!!」

を朝方まで繰り返した。

さすがに温厚さが取り柄の彼もひくくらいキレて家中の壁を殴りはじめたので、お笑いというのはやりすぎは良くないのだな、と思った。

次の日、私の右肩は「チェックメイト‼」をした時に地球の重力に反して思いきり上げるので今まで使ったことのない筋肉を酷使してしまい、全く上がらなくなっていた。

(先生にはくれぐれも安静にしていて下さい、って言われていたのに……バカな私。くそ! チェックメイト‼ いたい!)

右肩に激痛が走り、しばらくはチェックメイトを控えようと心に誓った。

朝方まで一緒になってチェックメイトで楽しんだ彼はヘトヘトの状態で仕事に向かった。

部屋で一人となった私は掃除機をかけながら昨日あった出来事を思い出し、また涙が溢れ出してきた。流れる涙が床に落ちていく度に掃除機が吸い取っていく。どんなにホコリを吸い取っても涙はどんどん出て来て止まらない、掃除機も同じ所を往復させるばかりで涙を吸い取るばかり。そのための掃除機ならばいっそのこと直接吸ってしまえばいいと思い、掃除機の先の部分を抜き取り吸引部を直接目に押し当てた。部屋中に悲鳴が響き渡り私は反射的に掃除機を思いきり投げつけた。少し考えたらわかることもわからなくなるんだな。死ぬ前に狂うってこともあるのかな。

鏡を見ると私の目のまわりは10Rをむかえたボクサーのようだった。もっとわかりやすく言うと「うちのタマ知りませんか?」に出てくる仲間のネコのやつの中で目がなんかぶちになってるような、あんまり出てこなくて印象に残ってないようなやつのようだ。

床に残った涙を見ながら、

(これをひとつにまとめたら何mℓになるのだろう)

(掃除機の分と合わせたら何mℓになるのだろう)

(そんなことを言いだしたら全国の涙を合わせたら何万ℓになるのだろう、それを先生の頭皮に降り注げば一体どれくらいの毛が生え先生の笑顔を取り戻すことができるだろう)

などという生えることもないことを考えていた。

「今日こそ彼に言わなきゃ」

一ヶ月が経ち私の命は早くて残り二ヶ月となった頃から私の中で大きな割合を占めているのがこの言葉だった。

実はあれから言おうと思いながらなかなか切りだすことが出来ずにいた。私は一刻も早く彼に死んでしまうことを打ち明けて残りの人生を有意義なものにしようと決意した。この事実を打ち明けても絶対に大丈夫、私には彼を笑わせる魔法の言葉があるんだもの。チェスさん、本当にありがとう。確か今日もチェスさんが出る番組があるはずだから彼が作ってくれたカレーを食べながら一緒に観て大爆笑の中で打ち明けよう。

「お笑い回転ずし」がはじまり、彼はいつもの大爆笑。

最初に登場したのが、ホステスの格好をした女性がムードのある曲をバックにスポットライトを浴び、伏し目がちになったままの状態で、

「ヒロミです。目の下のクマがひどすぎてデーゲームかと思われたとです。」

「ヒロミです。ネイルをよく見たらコバエが埋まっていたとです。」

「ヒロミです。美容室でヘアカタログを見ながら選んでいたらもう終わっていたとです。ヒロミです。ヒロミです。ヒロミです。」

というネタをしていた。

結果は大トロだった。

次に出てきたのは、白いパジャマのようなものを着て左手に包帯を巻いたクマ、右手にマラカスを持った女の子。白いスケッチブックをもって紙芝居を始めるのだが次々とめくっていくそこには何も書かれていない白紙が続くばかり、観客の想像力を掻き立てるその手法は未だ誰もなしえていない全くもって新しい笑いに挑戦している。その姿は他の追随を許さない完璧なもので、もはや笑いという概念を超越した存在だった。聞く所によるとこの女性ピン芸人はお笑い芸人としてバラエティ番組、ライブ等で活躍するだけでなく、幅広い演技力が認められ映画・ドラマにも出演、幻冬舎にて小説も連載している天才らしい。しかしそれほどの才能あふれる存在でありながらも決しておごることなく、スタッフにも気さくに話しかけ、しかもプライベートでは結婚もして家事をも完璧にこなし、なににおいても思慮深く他人を思いやり、子供と子犬が大好きで、毎週のボランティア活動もかかさない、非の打ちどころのない全ての世代の女性が模範としている存在らしい。

結果はもちろん、大トロだった。

いよいよ最後に出てきたのはチェスたくやだ。

私はドキドキしながらチェスさんのネタを彼と観た。

ずっと大トロで来ていたから流れはいいはずでお客さんも何でも笑う空気になっていた。ネタが始まってつかみの、

「チエチエスチエスチエス、チェス投入♡」

今だ！　私は大爆笑しているであろう彼に向かって、

「実は私……」

と言いかけたが、その次の瞬間、テレビの中のスタジオの空気と彼の反応が全くもって同じ反応、いわゆる無反応となっていた。

（えぇー！　どうして⁉）

静寂。

「実は私……」

この発言だけが異常に浮き上がり彼も反射的にこちらを向いて深刻そうに聞いてきた。

「どうした？」

「実は私……レズビアンなんだ」

「なんだそれ。今のチェスたくよりはましだけど全然面白くねぇな」

最悪だ。

チェスさんも結果はコンビーフだった。

私の心もコンビーフだ。

この日を境に私と彼の関係はギクシャクしだし、チェスさんも「お笑い回転ずし」でコンビーフを連発。とうとう番組に出なくなってしまった。

彼にもうすぐ死んでしまうことも伝えきれず、彼は彼で次々と出てくる芸人メン&モリやピンボケ太郎で笑うばかり、チェスたくやのこともすっかり忘れてしまっていた。なんだか私はもう必要のない存在のように感じられた。この感覚はテレビに出なくなってしまったチェスさんと重なっていくようだった。

死んでないのに死んでるような、そんな感覚だった。


「死にます」

私は彼がいない時にひとことだけ書いた置き手紙を残し家を出た。

なんの目的もなく国道沿いの歩道をただ歩いていると、大声で私を探す声が聞こえ、陽平がこちらへ向かって走ってきた。

彼は泣いている私の髪を撫で、顔をくしゃくしゃにして泣きながら私の体を引き寄せ強く抱きしめた。

「ばかやろう、心配させやがって」

彼は私のおでこをこつんとさせた。

安心した次の瞬間、私の顔面に激しい衝撃が走った。あんな温厚だった彼がこんな暴力振るうなんて、最初おでこをこつんとさせて距離を正確に測ってからこんな思いきり殴るなんて、なんて冷静と情熱の間で生きる恐ろしい人間なの。

もう遠慮しないで言ってやる。

私は薄れゆく意識の中で強く叫んだ。

「チェックメイト!!」

手伝い

「まあ、あれだよね、急だったけど、結果いい人生だったよね。親孝行らしい事なんもしてこなかった私が言うのもなんだけどさ。あ、これ洗っちゃうね」

「うん、ありがとう。まあ早いっちゃ早いのかもしれないけど、やりたい事やってめいっぱい楽しんでた人だし、安らかな顔してたから充実した人生だったんじゃない？　参列者もこんなに来るなんてって母さんもびっくりしてたわよ」

「ほら、どこで知り合ったんだかわからないような人もあっちこっちにいたじゃない、母さんも知らないような」

「思った、そうそう、あのずっといたベージュのトレンチコート着てた男って知り合い？　あ、そう、父さんよりはるかに若いようだったからお姉ちゃんの知り合いかなって思ってたんだけど、そっか。友達って感じでもなさそうだったのよね。まあ父さん趣味も多かったし前からなにやってんだかわかんないとこあったけどさ、あ、百合子、みんなにこれ持っていってちょうだい」

「そうね、あら、ありがとね百合ちゃん、重たいから気をつけてね。でも私ベージュの人に関しては見てないからよくわからないけど飲み屋で知りあった人とかなんじゃない？」

「だったらいいんだけど、でも普通、葬式にベージュ着てくるかしら、変な借金取りとかじゃなかったらいいと思ってさ。そんなのあとあと出てきたら、母さんがかわいそうでかわいそうで」

「確かにね、母さんよく泣かされてたものね。何か嫌な事があるとすぐ母さんにあたってね、酒ばっかり飲んで外で遊び歩いて、典型的なだめ亭主って感じだったわね。そのくせ外では愛想よくってさ、いいお父さんねなんてよく言われたわ、その度にまただまされてるって思ったものよ。まあ私たちには手をあげたりしないだけよかったけど、母さんはよく耐えてたとは思うわよ、私だったら無理よ、だって、あらビールもうないかしら、健太、ちょっとなにやってるのよマンガなんて読んで、こっちは私たちでやる事あって狭いんだからあっちに行って百合ちゃんの隣でおとなしく座っててちょうだい、ったくもう」

「まあまあ、男の子だからじっとしてられないのよ、かわいいじゃないお母さんの近くについてまわって。大きくなったらこっちが言う前にそっぽ向いて離れて行っちゃうんだから。女の子なんてお嫁に行っちゃうんだからなおさら。うちは母子家庭だからより一層寂しくなっちゃう。男の子はいいわよ、健太はもう中学生だっけ？　これから男の子はどんどん背が伸びてすぐ春山さんなんて追い越しちゃうんだから」

「そうかしら、うちの人もそんなに大きくない方だから。でも絶対女の子の方が手がかからなくていいわ、ほら、すすんでビール注いでる。女の子はこういうところがいいわよね、やっぱり女の子は、あら秋山さんずいぶんご無沙汰《ぶさた》してまして母がお世話にいえいえこっちなら大丈夫ですよ、え、なにか探し物ですか？

お手洗いかしら？　こっちですよこっちそうです」

「ねえねえ、こないださ、こないだっていっても結構前になるんだけど、秋山さん死にかけたらしいのよ」

「え、秋山さんが？　病気か何か？」

「違うわよ、死にかけたってそっちの死にかけたじゃあないの、自殺よ自殺未遂したのよ」

「本当に？　あの歳《とし》で？」

「私もそう思ったんだけどさ、今は年齢関係なく流行ってるらしいのよ、なんていうか疲れちゃうんだって、秋山さんの旦那さん、そう、あのおじいちゃんがボケちゃったの知ってる？　そう、ボケたのよ、もうそんな年齢なのよ、で、もう介護が必要なくらいだめになっちゃって秋山さんの事もわからなくなって暴れたりおしっこどこでもしちゃうしで、そのうえあの駄菓子屋だって賞味期限切れた菓子ばっか売って全然人入らなくなって閉めちゃったでしょう、ずっと家で二人っきりだからノイローゼにでもなっちゃったんじゃない？　大音量で音楽が聞こえてきた事もあったんだって。秋山さんて旦那さんより結構若いでしょう、母さんよりちょっと若いものね、なんで私がこんな年寄りの面倒見なきゃいけないのって思ったんだと思うわ、近所の人が偶然見つけてあの小学校の所に川あったじゃない、木のつり橋の、そう真ん中の板が抜けてて危ない所、あ、そういえば私昔そこで追いかけっこして落ちかけたわよね、追いかけっこじゃなかったっけ、たか鬼だったかしら、でもいつもの三人だったって事はかくれんぼよね？でもかくれんぼだったらあんな見通しのいいとこでなんかやらないわよね、じゃあ追いかけっこかしら、どっちでもいいか、それであの真ん中の板が抜けてるところ、いつもならわかってるはずなのにあの時は穴があいてることなんてすっかり忘れて駆け回って片足はまった時にそうだったここ危なかったんだって思い出して、そうよ右足が落ちた瞬間、このまま体全部持ってかれちゃうって気になってなぜかニュートンが木から落ちる私を見てメモ取ってる姿が頭に浮かんできて、なぜだかわからなかったんだけど、今思うと私、前世きっとリンゴなのよ、うん、たぶんそう、よくリンゴ食べるもの、あれ、私がリンゴならリンゴは食べないか、共食いになっちゃうもんね、ああ、それで死ぬって思って、死ぬ前にリンゴ食べたいって思って、もう食べられないんだ、風邪の日にだけ食べさせてもらえるすりおろしたあとの茶色くなったリンゴはもう食べられないんだって想像して恐ろしくなって『ぎゃー』って。わんわん泣いて暴れるものだから子供のあなたたちにはなかなか引き上げる事が出来なくてそれで近所の大人呼びに行ってもらって助けてもらったのよね。大人っていっても来たのが近所のおばあさんだったから私を引き上げる事が出来なくて結局おばあさんがおばあさんよりちょっと若い大人呼びに行ったのよね、で何時間も待ってやっと手頃な大人が来て、ってそういえばあの時おばあさんに呼びに行かせたからあんなに人が来るまで時間かかったんじゃない？　そうよ、あなたたちが再度行ってくれていれば暗くなるまでかからなかったのよ、おなかすいて死にそうだったわ、あの時二人ともおばあさんに何かもらって食べてたわよね、もぐもぐさせてたもの。私、足がはまったままずっと見てたんだから、ひどい、そもそもあの中じゃ私が一番足が速かったんだから私が呼びに行けばよかったのよ、私に頼めばよかったのよ、あ、それが出来たら呼びに行く必要ないのか、もう、よくわからなくなっちゃったじゃない、でもそれも懐かしい思い出よね、昔うちにぼっとん便所ってあったじゃない、あそこに落ちた時も大変だったわ、小さい両腕がかろうじて便器に引っ掛かってくれたから落ちずにいられたけど、今思うと本当、アレまみれにならなくてすんでよかったわ。その経験があってのあの川でしょ、恐怖だったわよ。本当にあの時は死ぬかと思ったわ、しかも雨が降ったあとだったから川の水がとにかくすごくてせめてあの大きな岩がない部分にって一瞬で神様にお願いしたもの。あれから私なんとなく川には近づけない体になっちゃって、でも海とか湖は全然平気よ。湖は行く機会自体まだないけどさ、こないだの夏も百合子つれて海水浴行ったんだから、若い男の子二人に声かけられて友達同士で海水浴？　なんて聞かれちゃって百合子は『あたしそんなに老けて見えるのかしら』って失礼しちゃうわよ私が若く見られてるのよ、まだまだ捨てたもんじゃないのよ、パート先の店長にだって口説かれたんだからあのハゲ散らかしたくそおやじに、でも再婚する気、私にはまだないのよ、そもそもその気があったって店長なんかごめんだわよ、ってそんな事はどうでもいいのよ、何の話だったかしら、あー最近すぐついさっきまで話してた事忘れちゃうのよね、もう恥ずかしい、穴があったら入りたいわ、って穴？　つり橋の穴？　そう秋山さんよ秋山さん、秋本さん？　秋山さんよね、そうそれでね、そこで夜飛び降りようとしてた秋山さんを近所の人が発見して止めたんだって。思い出した途端話が終わったわ。でもね、秋山さん今もちょっとおかしかったでしょう？　ずっと下向いてなにか探してるみたいにキョロキョロして、頭ちょっといかれちゃったのよ、絶対、私にはわかるものだって、あらあらあらあら秋山さんおかえりなさい、じゃまたみんなの所でうらん、そっちじゃないですよこっちですよ、はーい。……ほらね？」

「そうね、葬式の時にこんな事言うのもなんだけど、浮かない顔してるわね」

「ね、葬式の時にこんな事言うのもなんだけど、浮かない顔してるでしょう」

「そう言われてみればそうね、口もきいてくれなかった気がする」

「ね、口もきいてくれなかった気がするでしょう」

「そう言われてみればそうね、やっぱり旦那さんて必要なのね」

「私はそうは思わないわ」

「あ、ごめんなさい。でもやっぱりボケって怖いわね、私だったらボケる前に死にたいわ、みんなに迷惑かけるなんて嫌だもの。ねえ、ところで母さんの様子はどうだったの？　ときえはつきっきりだったから何か気付いたでしょ？　私あんまり喋ってなくて」

「どうかしらね、今は人がたくさん来たりして気が張ってるからあれだけど、みんな帰ったらどうなるかしらね、本当は泣きたいのかもしれないし、意外と平気なのかもしれないしそれは私にはわからないわ、あそうそう、それで今日はどうするの？　私たちは片付けがてら残った寿司ちょこっと頂いて泊まってっちゃおうかななんて思ってるけど、ちょうど明日百合子も高校休みだし、久しぶりに来たんだからあなたもそうしたら？　春山さんはなんて？」

「そうね、私には泊まっていけばとは言うだろうけど、うちの人は帰るって言うと思うわ。ほら、今も居づらそうにしてるでしょ？　あの人苦手なのよ、こういう親戚とかがわーって集まるとこ。健太は明日サッカーだし、どうしようかしら、あ、母さん、どうかした？」

「母さん、どうしたのキョロキョロして、ビール足りないの？　じゃあ持って行くから戻ってお客様と話しててよ、百合子ー、お願い」

「大丈夫かしら？　やっぱりちょっとまいっちゃってるんじゃないかしら、母さんたらさっきの秋山さんみたいにうろうろして、ちょっと心配よ、やっぱり今日泊まってそばにいたほうがいいかしら、あー百合ちゃんごめんね、健太になんでもやらせちゃっていいからね、健太ー、あんたもちょっとは百合ちゃん見習ってちゃんとやりなさい、もう、え？　なにこれ、こんなものどこにあったのよ、どっから持ってきちゃったの、ちゃんとあったとこに返しなさい、え？　本当にこの戸棚の引き出しにあったのね、じゃあ入れておくからほら行った行った、百合ちゃんにあまり迷惑かけないようにね」

「なあにそれ？」

「ああ、健太がさっきいたずらしてこの戸棚にあった手紙持って来ちゃってたのよ、本当いつまでたっても子供で困っちゃうわ」

「へえー、これ何の手紙かしらね」

「ちょっとあなたまで、今しまうとこなのにだめよ、ああもうまたすぐ出しちゃって、あなたのそういうとこ変わってないわ」

「いいじゃないのちょっとくらい、こんな台所の戸棚に入れてあった手紙なんてどうせたいしたものじゃないわよ、えーとなになに、私はずっと隠していた事がありますす、え？　やだなにこれ」

「これ母さんが書いたの？　この字は、誰の字かしら、まあいいわ続けて」

「私はずっと隠していた事があります。私は人を殺しました」

「え？　殺した？」

「ちょっとよくわからないけど、と、とにかく読むわね、えーと、私は人を殺しました。長年連れ添ってきた夫を殺してしまったのです。私達夫婦は店をやっていて近所でも仲の良い夫婦として知られていました。実際そうでした。結婚当初は私が年下で歳も結構離れていた為主人は『若い奥さんもらっていいね』なんて事を近所の人からよく言われていました。照れて赤くなっている主人の顔を見るのがなにより幸せでした。私もまた、年上で渋い主人の事が大好きでした。ところが月日が経ち、老いというのは怖いもので、ある日突然それはやってきたのです。私が店にお菓子を並べているといつもは店の奥からサンダルをつっかけて出てくるはずの主人が表のちゃんとした店の入り口から入ってきたのです。私が

『あなた、どうしたのそんなとこから』と言うと、ぎゅっと握りしめた拳を突き出し、『あめくださいあめください』と言うのです。私はよくわからなかったけどふざけているのだろうと思い、『はいはい、百円ね』と付き合ったのです。すると手をゆっくりゆっくりひらいて『はい』と言って小石を私の手に入れてきたのです。そこでやっと私はわかりました。ああ、とうとうきたかと。その日からが大変でした。なにかあるととにかくわめき散らしてご飯をいつ食べたかも覚えていない、お手洗いの場所もわからない、自分がいくつなのかもわからない、でもなにより一番辛かったのは私が誰なのか忘れてしまった事です。あんなに愛し合っていたはずなのにもう自分の事をなんとも思っていないなんて、本当に悲しかった。私はただ主人の介護をして主人に愛されなくなったまま死ぬ、そう思ったら無性に腹が立ってきて、面倒を見るのが嫌になってある日とうとうその役目を放棄してしまったのです。

階段から落ちて足を痛めていた主人をおぶって二階につれていき、布団に寝かせ、水とおむすび一つを置いて、私は下に戻りました。もう二度と二階には行くまいと思いながら。それから何日かは私を呼ぶ声が聞こえました。時には叫ぶような声も響いて、私は耳を塞いで聞こえないふりをしました。それもしばらくするとなくなり、奇妙な静寂だけが続きました。私は怖くなって、親戚の子供が前に置いて行ったままの音楽をひたすら大きな音でかけたりしました。もう忘れよう、夢だ夢だと自分に言い聞かせました。するとある日、しばらく外に出ていなかったので私が体調を崩したと思ったのでしょう、私の様子を見に柏木さんの奥さんがうちに訪ねて来たのです。私は二階の主人の事がばれないかとひやひやしながら『少しなら』と言って招き入れました。柏木さんはとてもやさしく、主人の事はもちろん、それ以上に私の事を心配してくださいました。私は感激して、ぽろぽろと涙を流しました。柏木さんが『なんでも話してごらん』と言うので私はすべてを話しました。それを聞いた柏木さんはすぐさま二階へあがり戻ってくるなり私を抱きしめ『私がなんとかする』と言いました。夜中にもう一度柏木さんが来て本当になんとかしてくださいました。『昨日雨だったからかさが増えて好都合だったわ』と言い、そしてそのあと『そのかわり、うちのも困ったら頼むわ』と笑いながら言い出て行きました。私は居てもたってても居られなくなり二階の主人がいた部屋に久しぶりに足を踏み入れました。主人はいませんでした。私は主人の飲みほしてカラカラになったコップを拾い、おむすびの載っていたお皿に載せました。臭くなった布団をたたみながら、ふと、畳が所々削られている事に気がついたのです。なにか強い力で引っ掻いたような跡、なんだろうと触っているうち、血で滲んだような汚れに気付きようやくこれは爪で刻んだものだとわかりました。ゆっくり指でなぞっていくと、そこには『ありがとう』と書かれていました。私は抑えていた後悔の念がこれでもかというくらい溢れ出て来てわんわん泣きながら『ごめんなさいごめんなさい』と叫びました。私はとんでもない事をしてしまいました。それはわかっていました、でも信じたくなかった。本当に本当に大馬鹿者です。あなた、ごめんなさい。私、今からあなたの所に行きます。もう許してくれないとは思うけど。ごめんなさい。」

「なによこれ、これって秋山さんの事よね？　しかもこれ遺書じゃないの、秋山さんが母さんに宛てたわけじゃないわよね、まさか母さんが盗んだの？　未遂事件の時に。そっか、だからさっきから秋山さんうろうろしてたんだ、これを取り返そうと」

「ちょちょっと待ってよ、噓よ噓、こんなの噓にきまってるわよ」

「そ、そうよね、だって第一あのくだり意味分からないもんね、あの部分」

「え？　どこどこ？」

「『そのかわり、うちのも頼むわ』って……」

老婆の休日

金曜日の会社終わり、会社の先輩に人数合わせの為に無理やり連れて行かれた合コンの二次会をなんとか断りそそくさと帰っている途中の出来事だった。俺は居酒屋の外で、「女は千円でいいよ、男は四千円ね」という先輩一人のええかっこしい発言の為、全く割に合わない割り勘を支払い、カラオケに行く気になってはしゃいでいるみんなとは逆の駅の方へ向かった。

五分程歩くと太陽商店街の入り口に行き着く。そこを抜けると駅は近いのだが正直あまり通りたくはなかった。正確には、夜には通りたくなかった。

というのも、昼間は賑わっているのだが夜になると一変して水を打ったような静けさになる。それだけならどこの商店街も一緒だが、ここには街灯らしい街灯がひとつもない。暗すぎて誰も通らない。通れないのだ。真っ暗な空間を一人で歩くなんて女性はまず避ける。俺だってこわい。先がほとんど何も見えない入り口に立っただけで躊躇してしまう。そのうえつい先日、商店街の出口付近にある眼鏡屋で放火騒ぎがあった。犯人はまだ見つかっていないらしい。より一層気味が悪くなる。

通りたくない、その思いで頭の中がいっぱいになった。

俺は幼い頃から暗い所が苦手だ。少し鳥目なのかもしれない。ずっといても目が慣れてこない、方向感覚もなくなる。だからいつもは商店街を避け、入り口にある「太陽商店街」の看板を見ながら右に曲がって細い路地から帰る。

住宅が何軒かあるから明るくて人もたくさん通るから安心だ。

だがそこを通ると駅まで確実に十五分はかかり、0：28の終電に間に合わない。帰れないと困る。

さっきの合コン中、彼女である百合子からひっきりなしに「帰ってこいメール」が来ていたからだった。同棲をしている訳ではないのでどうやら合鍵で家にあがりこんで俺の帰りを待っているらしい。

「まだかかる？」

「ちょっと遅くなりそう、ごめん。」

「もう帰ってくる？」

「なるべく早く帰るようにするよ、ごめん。」

「まだ？　早く帰ってきて」

「わかったよ、ごめん。」

「なんでこんなに遅いの？　女でもいるんじゃない？　まさか梨絵《りえ》と？　許せない」

「そんなわけないだろ、とにかく帰るときまたメールする。」

「早く帰ってきて、いますぐ。さみしい」

「ごめん、もう帰るから。」

「さみしくて死んじゃいそう」

百合子は最近、買い換えたはずの携帯電話を今では喋るようにすぐ打ち返してくるほど使いならしていた。

何回かやりとりをしても、まだしつこくメールが来る。

返さないと今度は電話が来る。

これでは全然会話に参加できないのでとうとう無視してしまった。

飲んでいる間も右のポケットは振動を続ける。

無視したまま携帯の電池が切れた。電源を切ったと思っているだろうな。きっと彼女の堪忍袋の緒も切れているはずだ。

百合子と付き合うようになったのは半年位前だ。

俺はもともと受付嬢をしている百合子、の隣に座る梨絵ちゃんの方を気に入っていた。今年新入社員として入ってきた梨絵ちゃん。誰が見ても美人だと言うくらいの器量を持っている。

透き通るような白い肌、切れ長だけど色気のある瞳、申し訳なさそうにチョコンとのっているだけの唇、髪はミルクティーのような色合いでゆるいパーマがかかっていてアップにするとより顔の小ささが際立った。

百合子だってこれといって悪くはない。顔は普通よりやや上だろうし、スタイルもまあまあ。目や鼻、口などパーツ全部が小ぶりだが、こういうのが好きな男もたくさんいる。ただ俺は梨絵ちゃんの方がタイプだった。社の連中も梨絵ちゃんを狙っていて、どうにかこうにかして口説き落としたいとみんな思っていた。

ある日、思い切って映画に誘おうと考えた。

一枚のチケットと自分の連絡先を書いた紙の入った封筒を持ち、外回りから帰るなり受付に向かった。

梨絵ちゃんは、運悪くちょうど席をはずしていてすぐに戻るかわからないという。

「あの、それ渡しておきましょうか？」

このまま待とうか今回は渡さないでおくか……暫くぼうっと突っ立っていた俺を見かねて百合子はそう提案してきた。

百合子はこれがデートの誘いの封筒だと気付いていないようだった。その気持ちに甘え、俺は託した。

デート当日、映画館の指定席に梨絵ちゃんは来なかった。

代わりに百合子が座っていた。

「あ、なんか面白いから観た方がいいよってチケットもらって、え？　そういう事ですか？」

俺はなんとも恥ずかしかったが俺より数倍も恥ずかしそうにしている百合子を見て、この暗さだからわからないがきっと顔は赤くなっているだろうと想像し単純にかわいいと思った。

映画を観ている最中、百合子はこそこそと携帯をいじっていた。

俺はこの状況、「梨絵ちゃんを誘ったのに嫌がってチケットを押し付けられた百合子がなにも知らずに来てしまった」事をおもしろおかしく誰かに報告されている気がして、電源を切るように言った。

映画館を出た後俺は自分の切っていた携帯電話の電源を入れると見た事のないアドレスからメールが一通来ていた。

「件名：梨絵です　今日はせっかく誘ってくれたのにごめんなさい、それと私彼氏がいるのですいません。また会社で会いましょう。」

なんだ彼氏いたのか、いないって噂だったんだけどな。それにチケット横流しするなんてちょっとやな奴だったのかもしれないな。

俺はなんだかもやもやする気持ちを晴らそうとそのまま百合子を誘ってあらかじめ予約してあったムードのいい個室居酒屋へ行き、酒をたらふく飲んだ。俺の勢いにつられ百合子も酔ったのか俺の肩にもたれかかってきた。そのままキスをした。百合子は嫌がっていないようだった。店を出てホテルに入り百合子を抱いた。

次の日の朝、酔いのすっかり醒《さ》めた俺は隣に居る百合子に気付き、後悔の念でいっぱいになった。

百合子になんて言っていいかわからず一言「ごめん」と言うと、「たとえ一回きりでも、お酒の勢いでも、私ずっと好きだったからうれしい」と泣きそうな顔で微笑んだ。

そんなけなげな百合子をたまらなく愛《いと》おしく感じ、俺は起き上がり身支度をし始めた百合子の腕を引き寄せ抱きしめた。

俺は百合子と付き合う事になった。

次の日会社の受付で梨絵ちゃんに「ごめんな、気にしないで」と言うときょとんとした顔で「あ、はい」と言った。

百合子はそれをじっと見ていた。

同じ会社という事もあるので、付き合っている事は二人だけの秘密にした。

月日がたつにつれ、百合子はだんだん俺を束縛するようになった。自分は母子家庭で育ったからさみしがりやなんだと言う。

百合子はちょっとした事でヒステリックになる。

泣いたり怒るだけならまだいいが、放っておくと自殺未遂のまねごとを始める。

俺の事を愛してくれているからなのはわかるが、なんでもかんでも浮気だと疑ってかかられてはたまったものじゃない。

毎日何をするにもどこへ行くにも百合子の許可が必要で俺は不自由を感じていた。今日の合コンも素直に合コンだと言って行かせてもらえるわけがないので、

「先輩が最近彼女に振られてさ、落ち込んでるから同僚何人かで飲みに行ってき

ていいかな」なんて嘘をついた。

本当に男しかいないかを疑っていたが、本当だからと必死に頼み込んでなんとか行かせてもらえた。

「ちょっと飲んだら俺だけ先に帰る」という条件付きで。

ちょっとの感覚は人それぞれだが、百合子のちょっとは本当にちょっとという意味なのだ。面倒くさいが早く帰ってなだめないともっと面倒くさい事になる。

時間はどんどん迫ってくる。

もう選択肢はなかった。

俺は意を決して暗闇に足を踏み入れた。

やはりどの店もシャッターが閉まっていて思った以上に暗い。

俺の目にもシャッターは下りた。

見えない。

携帯の光でもと思って開けてみたが、さっき電池の切れた携帯がつくはずもない。

両手で空間を探りながら少しずつ歩くとぼんやりとした明るさに出会った。悪ガキがシャッターに書いた落書きの蓄光ペンキが頼りなく光っている。

普段は迷惑がられている「参上！」の文字がこんな状況においてはなんとも心強い。

しかしそれもポツンポツンとあったのち、なくなった。

再び闇しかない商店街。

何も考えないで歩こうとしても自分の呼吸と足音のコツコツだけが妙に響いて誰かが後ろから付いて来ているような錯覚に陥る。シャワーを浴びている時も誰か後ろにいるかのような感覚になるけど、本当に誰かいたらしゃれにならないくらいびっくりするだろうな。なんて想像していたら本当に誰か付いて来ているような気がして振り返りたくてたまらなくなってしまった。

俺は立ち止まる、すると反響していた足音も止まる。

思い切って振り返った瞬間、息を呑んだ。

そこには一人の老婆がいた。

とっさに芥川の羅生門が頭に浮かび、俺は驚き飛び退《の》いた。

と同時に足を挫《くじ》きそのまま後ろに倒れ込んだ。

「ゴグッ」

鈍い音を頭の奥底で聞きながら俺は意識を失った。


東証二部上場企業の電子機器メーカー「タックスジャパン」。

鏡のようにピカピカに磨き上げられた全面銀色のエレベーターの中で、営業班の二人の男が喋っていた。

「おい、村木、お前何か知ってるか？　どう考えたっておかしいだろ、もう一ヶ月経つんだぜ。やっぱり何か事件に巻き込まれたのかもしれないぞ。だってこんなに無断で欠勤するなんて普段のあいつから考えたら絶対おかしいぜ、なあ」

「さあ、わからないすけど、鬱《うつ》にでもなっちゃったんじゃないすか？」

「急にか？　合コンの後に？　うーん、そうか、まあ百歩譲って鬱でいいよ。鬱か、そんな奴には見えないんだけどな」

「まあまあいいじゃないっすか、ちょっと休んだらきっとすっきりして出てきますよ。まあ出てきても会社はもうあいつを切るでしょうけど。だって無断でこんなに休んだんですから。ですからどっちにしろもうあいつとの付き合いはなくなるって事ですから、忘れましょ。ね、一旦。それより木元さん、また合コンしましょうよ。今度こそはかわいい子ばっちりそろえますから、あ、梨絵ちゃん誘います？　受付の。あの子ずっとフリーっすよ。あんな事があってから落ち込んじゃってるようですし」

「梨絵ちゃんを？　うん、そうだな、そりゃあショックはショックだろうな。合コンか、うん、よし行くか」

エレベーターを降りた二人は建物を出て、目の前にあるテントだらけの公園を突っ切って取引先へ向かった。


ようやくこの生活にも慣れてきた。

いつものように集めてきた大量の空き缶を潰しながらぼんやりと考えていた。

一年前、気を失って倒れていた俺をあそこのテントにいるトキさんが発見し助けてくれた、らしい。それから行くあてもないのでトキさんに面倒を見てもらっている訳だが、そもそも俺はあの時どこへ行こうとしていたんだろう。誰かに会おうとしていたんじゃなかったか？

それは誰だったっけ？

だめだだめだ、思い出そうとするとやっぱり思い出せない。

俺は気を失ったと同時にその時の記憶も失っていた。

どこに勤めていたのかもどこに住んでいたのかもわからない。

そのうえ俺が倒れている間にバッグごと何者かに持って行かれたらしく、手掛かりになるものは何も残っていなかった。

唯一ポケットの中に携帯電話が入っていたのだが電源が切れていてなんの役にも立たない。持っていても仕方ないのでトキさんに作ってもらったブルーシートのテントの中に置いてある。

大量の缶の入った袋を持ち公園に戻るとトキさんが、「ちょっとした収入があったからパンでも買ってやる」と言うのでコンビニに行った。

会計の時ちらっと見たらブランドものの財布を使っているので意外だったが、聞いてみたらなんて事はない、以前ゴミ箱に捨てられていたのを拾ったらしい。

「へえ、運がいいなあ」と俺が言うとトキさんは笑いながら「チェックメイト」とつぶやいた。

トキさんの笑った顔をみるのは初めてだった。トキさんはぶっきらぼうだが面倒見がいい。あまり自分の事を話してはくれないが、話し振りから察するに家族はいないようだ。俺の記憶が戻ったらトキさんはまた一人になってしまう。このまま記憶が戻らなくても家族のかわりと思ってもらえたらいい、そう思うようになっていた。

ある日、ふとトキさんのテントに借りりっぱなしだった鍋を返しに行くと、そこにトキさんはいなかった。

戻ってくるまでちょっと待つか、そう思い薄い座布団に腰を下ろすと、お尻に何か固いものが触った。座布団をめくると、アルミでできた古い弁当箱。女の子の絵と「魔法のメルちゃん」という文字が印刷されている。

中を開けると写真が入っていた。トキさんの若い頃のようで、そうでなかった。これ何なんだろうな？　トキさんにそっくりだけど違う……そうか、娘さんか！

そう思った瞬間、「バチン」と頭の中がはじけて脳味噌がショートしたような感覚になった。

「お……おもいだした」

俺は記憶を取り戻した。

次の瞬間、息が出来なくなった。縄が首にかけられどんどん食い込んでくる。後ろから聞こえる荒い息遣い。どれだけの強い力が加わっているかがわかる。薄れていく意識の中で声だけがはっきり聞こえる。聞き慣れたトキさんの声。

「やっと思い出したか、百合子を。この日をどれだけ待ちわびていたか。そうだ、私は百合子の母親だよ。一年前のあの日、百合子は自殺したんだ。警察から電話、いっぱいかかってきていただろう？　私は百合子とお前のやりとりしていたメールを見て、お前がきっと通るだろうとあの暗い商店街で待ち伏せしてたんだ。お前が振り返り私に気付いた瞬間、殺してやろうと思っていた。だがお前は自分から頭を打ち付け記憶をなくした人間になった。百合子の事も忘れた人間に。そこでお前が記憶を取り戻すまで待ったのさ。反省のないまま殺したら百合子は浮かばれないからね。思い出すまでの間お前の世話をしようと決めた。だから私はこんな公園で一日の大部分を過ごしてきたんだ。食べ物を毎食持っていき、熱を出せば看病し、家族のようにお前に接した。こうして私と一緒にホームレスとして過ごさせる事でお前を社会から切り離す事が出来た。もう誰もお前を覚えていない。お前を待っている者など誰もいない。お前は世間にはもういない人間なんだ」

力はどんどん加わってくる。俺は縄から手を離し身を委《ゆだ》ねた。

縄の擦《こす》れ合う音を聞きながら声を振り絞って涙まじりの声で俺は言った。

「トキさん、ごめん」

闇に埋もれたテントの外には、軋《きし》む縄と二つのすすり泣きが漏れていた。

お弁当

本日のお弁当
白いご飯、卵焼き、焼き塩鮭、ウインナー、きゅうりの塩漬け

朝六時、早苗は毎日、夫である健太のために弁当を作る。

健太にお弁当を持たせ送り出したあとは洗濯や掃除、それが終わると買い物に出かけ友人とカフェでお茶をしたりして過ごす。

夕方六時、夕飯の支度をし、テレビを観ながら健太の帰りを待つ。

夜八時、帰宅した健太がお風呂に入ったタイミングでバッグからお弁当箱を取り出す。

早苗はがっかりした。

結婚して一ヶ月、新婚なのだからと最近になって持たせ始めたお弁当。持ち上げるとずっしり重い。食べていないのがわかる。ハンカチの結び目をとき、蓋《ふた》を開けるとほとんど詰めた時の状態と変わっていない。

早苗は大きく溜息《ためいき》を吐《つ》いた。

（一体何がいけないのだろう……）

早苗は結婚してから掃除や洗濯、料理裁縫その他もろもろ家事全般を完璧にこなしていた。

「いいお嫁さん貰《もら》ったわね」

早苗はよく健太が両親や親戚から褒められているのを耳にする。

つい最近行った美容室では「素敵な主婦」なるものが特集されている雑誌を目にした。そこに取り上げられていた主婦は外見も美しく、家事も手を抜かず、空いた時間には趣味の刺繍《ししゅう》教室にまで通っている。

まさに完璧な女性。

(これは私の事だわ。外見もまあまあ、家事は完璧、空いた時間はボルダリングにも通ってるわ)

早苗はそう思った。

事実、早苗は近所の奥さま連中から羨望《せんぼう》の眼差《まなざ》しで見られていた。

「春山さんの奥さん、いつ見かけても身だしなみをきちんとしているわよね」

「そうね、見るたびに違うお召し物で、旦那さんの稼ぎがいいのね」

「でもあの人、こないだ町内の集まりを積極的にしきってくれたのよ、若い割にしっかりしてるわ」

「そうね、愛想も悪くないしねえ」

そんな完璧な自分が作ったお弁当なのに残されている。その現実は早苗のプライドを傷つけた。

お風呂からあがった健太に温かい料理を出す。

今日の献立は生ハムのサラダ、金目の煮つけ、いんげんの肉巻き、白いご飯、それとビール。

料理を作りながら洗い物も同時にする。出来る女は手際がいい。出来あがった時に汚れていないキッチンを見る事で早苗は満足するのだった。

夕飯を片づけながら考えた。

(少し残ってはいるけどちゃんと食べてくれている、まあ作る量が多いから完食は無理なのはしょうがない、だって足りない方がだめな妻だもの、にしてもなぜお弁当は……)

残ったサラダや金目たちを迷わずゴミ袋に捨てた。

早苗は明日持たせるお弁当の事を考える。本来なら残ったおかずをお弁当に入れてしまってもよいのだが、それは早苗のポリシーに反していた。

(残り物を旦那様に持たせるなんて出来ないわ)

朝六時に目覚ましをセットし、早苗はお弁当の献立を考えながら眠りについた。

本日のお弁当

白いご飯、卵焼き、ブリの照り焼き、ほうれん草の胡麻和《ごまあ》え

朝、お弁当作りが始まる。

まず四角い紺色の弁当箱を六：四に分けるようにしきりを置く。六の方に炊きたてのご飯を詰める。残りの四の方には一つずつ銀紙で出来たカップの中に入れたおかず。多く入れすぎるとはみ出す。かといって隙間があると持ち歩いている時に中身が寄ってしまう。

この詰める作業がうまくいくと幼いころパズルで遊んだ記憶がよみがえりなんだか楽しくなる。

熱が取れたのを見計らって透明な蓋をのせ大きめのハンカチで包む。菱形《ひしがた》に開いたハンカチの中央にお弁当箱を置く。両端をつまみながら結んで左に回転させてまた結び最後にきゅっと固くちっちゃい蝶々結びをして完成。

隙間に箸を差し込んで、渡した。

今日こそ食べてくれる事を祈って。

健太を送り出したらすぐさま家事にとりかかる。ゴミを捨て洗濯物をベランダに干し、掃除をしたあとは化粧をして買い物にでかける。帰りに寄った本屋で推理小説を買い、夕飯の支度が終わると温かいコーヒーを入れソファでゆったりと本を読む。

そのうちにうとうと眠っていた。

早苗は飛び起き壁にかかっている時計に目をやった。時計の針は八の数字の少し前を指していた。

カチャ

(まだ帰ってきてない、よかった、ソファで寝ちゃうなんてこんなところ見られたらだらしない妻だって思われちゃうもの)

ドアが開き健太が入って来る。早苗は急いでみだれた髪を手で整えいつものように健太をお風呂に促しその隙にバッグを漁《あさ》った。

お弁当箱はやっぱり重たい。

(やっぱりだめだった)

お弁当箱を持つ手に力が入らない。洗うのを後回しにしお風呂からあがった健太にビールを注ぎながらおしゃべりをした。

今日あった事、仕事の事、けれど早苗が本当に話したい事は違った。

自分の作るお弁当の何がだめなのか、何が気に入らないのか聞きたいのだが聞けない。人に何かを聞く事は自分が劣っている事を認めるという事なのだから出来なかった。他愛もない話をしながら夕飯を終えた。

本日のお弁当

白いご飯、卵焼き、豚の生姜《しょうが》焼き、セロリの浅漬け

早苗は毎日自分の作るお弁当がなぜ食べてもらえないのかわからなかった。料理が苦手なわけではないし、夕飯はきちんと食べてくれる。朝はもともといらないと言われているので作っていない。お弁当もいらなかったら言ってくるはずなのだ。

早苗が今まで作ってきた夕飯に関して美味しいとは言われたことはないが、不味いとも言われない。

全くもって原因がわからないのだった。

早苗は少し考えいつもお弁当に入れている卵焼きに変化をつけてみようと考えた。普段は塩っ気のある卵焼きにしているのだが今回は砂糖の入った甘い卵焼きにしてみた。

（うん、私も甘い方が好きだわ）

けれどそれもむなしい挑戦に終わった。

本日のお弁当
白いご飯、鯖《さば》の味噌煮、切干大根、焼き茄子《なす》
白いご飯にひと工夫してみた。

昨日本屋でお弁当の本を立ち読みした時にかわいいと思ったものがあった。それは「愛する旦那さん弁当」と紹介されていた。

フリカケで輪郭を作り、その上に海苔《のり》で作った髪の毛と眉毛《まゆげ》と目を置く。口はゆでた人参、鼻はウインナー。

出来上がりを見て早苗は満足した。

一日たって戻って来たお弁当は所々海苔が蓋に張り付いたりよれたりしている。目はつり上がり口はひんまがり健太の顔はとてつもなく不気味な恐ろしいものになっていた。

（こ、こわい、慣れない事はやめよう）

そう思った。

本日のお弁当
鮭のおにぎり、梅のおにぎり、卵焼き、からあげ、肉じゃが早苗は今日のお弁当に自信を持っていた。

なぜならいつもより一時間も早く起きて下ごしらえを始めたからだ。からあげの下味には時間をかけこだわった。卵焼きは結局しょっぱい方が好きなのか甘い方が好きなのかわからなかったので塩と砂糖を半々に入れてみたら奇妙な味になっていた。

でも、どうせ食べてくれないのだからととりあえず見た目がよくなるように入れる。そして今まで白いご飯だったところをおにぎりに変えた。

一つずつラップに包み弁当箱に入れなかったせいで、六：四の六のところに空きが出来てしまった。

そのため凄《すご》く苦労した。

いつもは四でよかったおかずを十入れなくてはならないのだ。早苗は卵焼き、からあげ、肉じゃがのなかで自分が一番多く量が食べられるものは何か考えた。

結果、肉じゃがが大半を占めるお弁当になった。大きなハンカチにお弁当をのせ、その上におにぎりを置いて、いつものように結んだ。

しかしその肉じゃが弁当はやはり全く手のつかないまま返却された。
（そんなに肉じゃがが好きじゃなかったのかもね、やっぱり卵焼きに頑張ってもらった方がよかったのかしら、また明日頑張ろう）

本日のお弁当
オムライス

早苗は思い切った行動に出た。
入っているのはオムライス一品のみ。
愛情込めて作ったデミグラスソースに早苗は勝負をかけた。
……そして負けた。

本日のお弁当

ナポリタン、おでん、エビチリ、刺身、チョコチップマフィン
早苗は混乱していた。

もうなにがなんだかわからなくなっていた。お義母さんからもらった手作りクッキーでも持たせた方がいいのかしら。でもそれは弁当じゃない。

辞書を引っ張り出し「弁当」の由来を調べた。

しかし当然ながら早苗にとって一番欲しい情報は載っていないのだった。

早苗はお弁当の事ばかり考え家事が手につかなくなっていった。髪はぼさぼさ、化粧もしていない。夕飯の買い出しも支度もする気になれなかった。

「お弁当さえクリアできれば私は完璧なのに……」

溜《た》まったゴミ袋の中で早苗はつぶやいた。

本日のお弁当
なし

早苗は一日何もせず考える事にした。

本日のお弁当
なし

早苗はもう一日何もせず考える事にした。

本日のお弁当
白いご飯、ハンバーグ

考えた結果あえてシンプルなお弁当にした。

それには理由があった。

今から取りかかる豪華なお弁当をより際立たせたいからだった。だから、お弁当箱は包装紙で軽くくるみ、輪ゴムでバチンと留めた。

地味から派手になるには振り幅が大きい程いい。そう思ったのだった。

（貧乏な少女のもとへある日突然やってきた黒ずくめの男性に「実はあなたは神崎の孫だったのです、今から家へ来て下さい」なんて言われて、「神崎って、あの神崎財閥ですか？」「そうです」っていうやりとりがあって、そうして行ってみるとなんと豪華な屋敷、庭にプールも噴水もあって、通うようになった高校では周りは金持ちのいい男ばっかりで、でもあたしは勝気でお転婆なものだからいつも問題を起こすの、最後はいつも憎まれ口ばっかりたたきあっている男と結婚して、まさにシンデレラストーリー！　それが狙いよ）

松茸《まつたけ》ご飯、伊勢海老《えび》のグリル、ローストビーフ、鴨《かも》のテリーヌ、鮑《あわび》のステーキ。

重箱に丁寧に敷き詰めていく。

三時間かけてローストビーフで薔薇《ばら》の花を作ったあと、人参を彫刻刀で孔雀《くじやく》にする。

五時間かけて孔雀を彫り終わった時、早苗は自分の手に指輪がない事に気がついた。

健太から貰った人生で一番大事な指輪。

一体どこでなくしてしまったのだろう。

ふと、朝の光景が浮かんできた。朝、起きて、目覚まし時計を止めて、トイレに入って用をたし、台所でハンバーグをこねて……。

(あ、あの時、そうよハンバーグ、ハンバーグの中!)

早苗はお弁当箱の帰りを待った。

(帰ってきたら真っ先にお弁当箱を回収して、ハンバーグ二つ入れたけど多分大きい方に入っているからそっちを崩す、そうすれば大事な結婚指輪が取り返せるわ)

カチャ
ドアが開くなり早苗は健太のバッグに飛び付いた。

（よかった、本当になくなったらどうしようかと）

お弁当箱を勢いよく開けた。

中はからっぽだった。

お弁当箱の中はきれいに食べられていた。

健太はにっこりと笑って言った。

「やっと食べられたよ。いつもハンカチがほどけなかったんだ」

濡れた未亡人

朝の日差しを浴びると早苗は瞳をパックリと開き、濡れた目元を優しく手でぬぐった。

早苗の一日のはじまりは洗顔と決まっている。洗顔クリームを絞り出し手の中ですばやく泡立てる。早苗の手の中でクリームはクチュクチュと音を立て真っ白な泡へとその姿を変えていく。早苗はそのいやらしいミルクを顔中に塗りたくり、

「あぁ、あぁ、はぁ、うぅ、はぁ」

と甘美な泡に包まれ思わず吐息を漏らす。蛇口から勢いよく飛び出すぬるま湯

に早苗の顔面はビシャビシャに濡れ滴り、たまらずフェイスタオルで透明なしずくを拭き取った。

早苗は未亡人である。交通事故による旦那の不幸で幼稚園に通う一人娘を女手一つで育てる事になった。旦那の四十九日ももう終わり早苗の心はぽっかりと穴が開き埋める何かを求めていた。

「久しぶりにボルダリングでもするか」

早苗はつぶやいた。

ボルダリングとは高さ数メートルの壁を岩や石の突起物を摑《つか》んでロープを使わずに登るスポーツである。早苗は結婚してまもなく駅前に出来たボルダリング教室に通うようになり、最近、新しく入ってきたインストラクター玉城文也と仲良くなった。

どの突起物を摑めば登れるのか、どこに足をかければ安定するのか、文也の熱心な指導に早苗の滴る汗も体中をつたい、登りきった時に味わう感覚はまさに絶頂である。そそり立った壁は軽く熱を帯び、硬くなった突起物に手をかけるにもつるつるとしていてうまく摑めない。そこに文也が早苗の手に真っ白な滑り止めの粉を丁寧に一本一本指の股を隅から隅までなぞるようにつけてくれる。時には優しく時には激しく。登っている間も熱心に励ましてくれる文也の声に早苗の手の平は徐々に滑り止めの粉をも湿らせ濡らしていく。

「だめ、もう堕《お》ちちゃう、堕ちちゃうよ」

「まだ大丈夫ですよ、がんばってください」

「もう我慢できないよ、堕ちちゃうよ、ねえ堕ちてもいい？　堕ちてもいい？」

「まだだめですよ奥さん、もっといけますよ」

「もうだめぇ、はぁ！　ん！　あぁ！　やだぁ！　はぁぁん！」

「落ちちゃいましたね。もう一回やりましょうか？」

文也の執拗《しつよう》な要求に早苗はただ従うしかなかった。このままでは壊れてしまう。こんなに激しいのならもう一つの趣味であるママさんコーラスに力を入れた方がいいのかもしれない。

「はあぁぁぁぁはぁぁぁぁ！」

「早苗さん、もう少しですよ。もう少しで上の音域が出ますよ」

「はぁあぁあぁあぁあぁぁぁぁぁぁぁぁぁぁぁぁ！」

「いいですよ、もっと口を大きく開けて恥ずかしくないですから、いいですよ出そうですよ、出ちゃいそうですよ出ちゃいそうですよ。いいですよいいですよはいそのままそのままいってくださいいってください。はい、出ちゃいましたね」

「んはぁはぁはぁ、すごい、こんなに出たの私、初めてです、先生」

「早苗さん、良かったですね。とりあえずよだれ拭いてください」

健太の事をどんなに想っていても早苗の日常はこうして過ぎて行く。帰りに義母であるよしえの為に大福を買って帰るのも日常の一つである。大福を手に取り感触を確かめながら挑発的に大福を手の中で転がしてみる。そして転がされた大福をレジで思い切りスキャンさせるおばちゃんの手つきに激しく反応しつつ家路を急ぐ。よしえは家におらずどこかへ出かけているようだった。誰もいない家で早苗は窓に滴る結露を雑巾でぬぐい、ビショビショに濡れた雑巾を手で強く絞り出す、容赦なく最後の一滴まで絞り出す。時には優しく時には激しく。

「おじゃまします」

インターホンから聞こえる声。いけないいけない、早苗は我に返った。

玄関に向かうと義母、ではなく、ときえが立っていた。

リビングに案内しお茶と大福を差し出すと、ときえは大福をお茶に浸し割りばしでかき混ぜ始めた。早苗は驚いた。義母がいつもやっている食べ方（飲み方？）と全く同じなのだ。ときえは二本の硬直棒を握って大福をグチュグチュにかき混ぜ、白濁としたドロドロした大福茶をすぼめた口に流し込んだ。やっぱり双子は飲み方まで全く同じなのだ。

大福茶を一気に飲み干し、口元にいやらしい白い液体をつけたままのときえは夫の四十九日を終えたばかりの早苗の事を気遣い「大変だったわね」と話をはじめた。

「不慮の事故だったとはいえ、あなたも辛かったでしょう？　姉も今回の事が相当ショックだったみたい。だって健太さん、姉が倒れたって知らせを聞いて急いで車を走らせて事故にあったんでしょう？　それで結局姉はただの立ちくらみですぐテニス行っちゃってたんでしょう？　そりゃショックだったわよ。しかもラリーからのスマッシュを綺麗に決めてガッツポーズをした時に事故の知らせ聞いたって言ってたからそりゃショックだったでしょうね。試合もそこそこに病院行かなくちゃいけなくなって勝敗も決まらずだからそりゃあショックだったでしょうね」

早苗はなんとなく相槌《あいづち》を打ちながらときえの口の開け閉めに目を奪われていた。ずっと見ていた暗桃色の陰花のつぼみが固く閉ざされているのに気付いた早苗は大福茶のおかわりの為にまた席を立った。

「それで結局テニスは勝ってたのかしらね、負けてたのかしらね、でもショックだったって事は勝ってたんじゃないかしら？　私だったらとてもじゃないけど……」

キッチンでお茶を入れている早苗の真後ろにぴったりとついてときえの話は続いた。早苗はほとばしるやかんの熱い蒸気に目が離せず吹きこぼれた熱汁をふきんでぬぐいとった。早苗は集中したかったので、

「ときえさん、お茶こぼしたら危ないのでリビングで待っていてもらえません

か?」

と言いながら振り返った。早苗が振り返るとそこにときえの姿はなく、すでにリビングに座って自分で持ってきた水筒のお茶を取り出し、割りばし片手に大福が来るのを待っていた。

こういう所も義母そっくりである。早苗がいやらしい手つきで転がしたその大福を持って行くと今度は大福の皮の部分だけをていねいに剝《む》き出しそれを先に食べ、中の適度な弾力のある小豆餡《あずきあん》は割りばしを使って一粒一粒つまみ上げ時には優しく時には激しくいきり立ったギンギンの水筒の先っぽから中に落とし入れその音を楽しそうに聞きだした。こういうところも義母そっくり。正確には健太が亡くなる前の義母にそっくりなのである。彼女は今ではすっかり変わってしまった。

「それであなたは大丈夫なの?」

「ええ、私はなんとか大丈夫なんですけど、お義母さんがあれから少し様子が変わってしまって……。自分の部屋なのに物がどこにあるのか分からなかったり、孫のミチルの事を急にみっちゃんなんて呼び出して可愛がったりして、やっぱり病院に連れて行った方がいいんでしょうか?」

「いやいや、大丈夫よ。ちょっとしたらまた元のよしえに戻るわよ」

「だといいんですけど……。あ、お義母さん帰って来たみたいです。ちょっと待ってて下さい。お義母さんお帰りなさい」

早苗は義母の手にある杖が欲しくてたまらなかった。あのテラつく反り返った棒を握りしめ下駄箱の隣に立てかけたかった。

「お義母さん……」

早苗は杖を受け取り、いった。

四月二日

日付はまもなく四月二日になろうとしていた。

病室には少ないながらもよしえの家族が集められベッドを取り囲むようにして立っている。

よしえは固まったように寝ている。心電図から聞こえるスローテンポな音だけが生きている便りだった。病室はいっそう静けさを増していく。

眠りから覚めたよしえは人がいることに驚き、自分の置かれた状況を把握した。

「ときえとふたりきりにしてほしい」

視線を避けるように体を少し横に倒し、普段よりかすかにしわがれた声で伝える。

皆、首をかしげながら病室から出て行くとよしえはうなずき体中に繋がれたチューブをゆっくりと全て外し、たどたどしいけれども興奮した口調で話し始めた。

「……ねえ、ときえ、私、起きないほうがよかったのかしら、皆私の死ぬ瞬間を見に来たのよね、私の命が終わるその時を、人が死ぬ事を、どんな気持ちで？

いつ死ぬかと待ちわびて、好奇の視線を向けて、まだかまだかと、こわいわ、ああこわい、こんなおばあちゃんだけど、もういいと思っていたけど、死ってやっぱりこわいものなのね、ねえ、ときえ、聞いて、私の人生は間違っていたのかしら、おしえて」

「落ち着いてよ、なに言い出すのよ今更、大丈夫よ、間違ってたっていいのよ、辛いのは生きているうちだけ、死んだら皆いい人になっちゃうんだから、それに人生に正解なんてそもそもないのよ」

「そう、そうね、なつかしいわ、あなた昔からそうやっていつも冷静で、どこか上から見たような感じで、いつも私を励ましてくれていたわね」

「なによそれ、そうやって棘《とげ》のある言い方するところ、あなただって変わってないわよ」

「ねえ、あの事まだ覚えてる？　実家の井戸の事、私たちまだちっちゃくて」

「ああ、そんな事もあったわね、あれは確か隣のカッちゃんの猫だったかしら、いや違うわ、カッちゃんがいじめていた猫だったわ、いつものようにカッちゃんは木の棒を持って猫を追いかけまわしていた。私たちは庭で井戸のあの丸い蓋で石当てごっこしていたのよね、そうしたらカッちゃんがしつこく追いかけてた猫がうちに逃げて来て、あの猫どんなのだったかしら、なんかこう、毛が茶色くて手足が短くて目が垂れてて耳も垂れてて」

「あれ犬よ」

「え？　あら、犬だったかしら、そうそう、犬よ犬、私ったらどうして猫なんて出て来ちゃったのかしら、あ、わかったそうよ、この病院の駐車場でよく猫見かけるからよ、あれ誰かが飼ってるのかしらね、いつも『大塚さん』って書かれた月極の駐車場にいるこげ茶色のふわふわしたいつも舌出してる」

「あれ犬よ」

「あら、そうだったかしら、そうそう、犬よ犬、私ったらどうして猫なんて出て来ちゃったのかしら、あ、じゃああれよあれ、あそこをよく通るからかしら、この病院の近くに大きな川あるじゃない、あの橋の下にいつもいる薄汚れた大きな茶色い」

「あれ人よ」

「あら、そうだったかしら、そうそう、人よ人、私ったらどうして猫なんて出て来ちゃったのかしら、それで、なんの話だったかしら、そうそう、そういえば前にその人に話しかけられたわよ、『余っている傘ありませんか?』って、私びっくりしちゃった、傘が余るなんて感覚なかったからどうしたらいいのかわからなくなって、『一回この話、持ち帰らせてください』って丁重に言って家に戻ってみたわよ、それで家に帰ったらそりゃあ傘あるじゃない、いつも使っているお気に入りの真っ赤な傘が、だけど余るっていうのがよくわからなくて、だって家に何本かあるけど何本から余るって事になるの? そりゃあ結果として一本しか使ってないけど、家に一本しかないのは不安でしょう？　二本ぐらい家にあったらいいかなと思って他の傘全部差し上げようかなんて気持ちになって取り出して三本目の傘見たら素敵な薔薇の模様が入っているじゃない、あれこんなの持ってたかしらなんてだからこれも家に置いておこうって思ったら四本目の骨がしっかりしてる紺の傘も惜しくなってくるし、台風の日に使って裏返って骨がむき出しになってる壊れたゴミ同然の傘まであげたくなくなってくるのね、人間って不思議ね、どこまで欲深い生き物なのかしら、とうとう家にある四十本の傘どれもあげられなくなって、『余ってないです』って言いに行ったわよ、もちろん手ぶらじゃ悪いから菓子折り持って行ったわよ、ゴーフレット、私ちょっと前から人に何かあげる時はいつもゴーフレットって決めているの、ちょっと前に決めたの、八木さんちのゴーフレットにするって、美味しいのよ、薄く焼かれたサクサクのおせんべいに甘いクリームが挟まってて、前にお隣さんが一週間家を空けるからよろしく頼みますわねって言って旅行に行った事があってね、よろしく頼みますったって何もする事なんかありゃしないじゃないなんて思ってたらお隣の留守中に宅配物が来てね、仕方なく預かったはいいけど生ものだったら困るじゃない、で、包装紙を破いたら中から可愛いフランス人形の踊っている絵が描いてある緑のカンカンが出て来てね、テープを剝《は》がしてカンカン開けてみるとなんとまあ綺麗に並べられたゴーフレット、賞味期限見たらあれ結構日持ちするのね、一週間なんて全然問題ないのよ、今の技術って進化してるわ、美味しかったわ。一週間してお隣さん旅行から戻って来て『何か預かって貰ってますでしょうか』なんて言うのよ、私正直に『いえ、ございません』って言ってね、だってもう消化もしちゃってるものね、何も預かってないもの、それで妹尾《せのお》さんちの、あ、お隣妹尾っていうの、変わってるでしょう？　だから苗字が変わってるでしょうって、だって田中さんだったらもともと田んぼに囲まれてる中に家があったから田中って付けられたんでしょう、大川さんは大きな川が近くに流れていたんでしょうね、木下なんて木の下、そのまんまじゃない、なのに妹尾ってどういう意味なんだろうって思ってて、妹の尾なわけでしょう？　妹に尾っぽなんてないじゃない、原人だった頃までさかのぼれって事？　そう考えてたらなんだかわからなくなっちゃって混乱するから、あんまりお隣さんとは関わらないようにしようって距離置いてたんだけど、あっちから関わって来ちゃったものはしょうがないじゃない、しかも意外にも苗字に反していい人だったわけ、旅行の土産《みやげ》たくさん買って来てくれてね、明太子にういろう、スモークチーズに温泉マークのついたお饅頭《まんじゅう》、あらこのお宅一体どこに行って来たのかしら、なんて思いながら頂いたわ、だけどどれもゴーフレットの美味しさには勝てやしない、だから私言ったの、『今度から何かあった時は八木さんのゴーフレットでお願いします』って。その日から私何かあるとゴーフレットなの、ゴーフレットって決めたの。本当はゴーフレットって言いたいだけだけど。それでね、そのホームレスに謝りついでに『一体余った傘をもらってどうする気だったのですか』って聞いたら『困っている人に売るんだ』って言うのよ、値段聞いたら安くてびっくりしたわよ、ゴーフレット一枚にも満たない金額よ？　高いのよ八木さんちのゴーフレットは、たいして美味しくもないくせにさ、もう二度と食べないわ、食べないって決めたの、この今食べてるゴーフレットでやめるって。それでホームレスにあげたあと頂いたゴーフレット食べながら、私、家にある傘一本いくらしたかしら、なんて考えたら今まで凄く損してる事に気付いて急いで家に戻って全部傘その人にあげたわよ、私、傘一本もなくなっちゃって困ったものだからそれでその人から全部の傘買ったの、凄く安い値段で得したわなんて帰ってきたけど、よくよく考えたら私が馬鹿だったわ、ちょっとしか得してないじゃない、ねえ、あれ、なんの話してたかしら、最近すぐ話してる事忘れちゃうのね、本当に私ったらだめだにゃ、あ、猫よ、猫、我ながら凄い思い出し方したわ、あ、そうね犬だったわね、それでカッちゃんが懸命に吠える犬を、え、ヤッちゃん？ そうだったかしら、ううん、カッちゃんよ、本当よカッちゃんの名前なんだったかしら、ムラタ、ムラタ、マサシ、そうよ、ムラタマサシ、なによ『カ』も『ヤ』も入ってないじゃない、じゃあマーくんじゃないの、マーちゃん？ いいの、マーくんにするわよ、そう、それでムラタくんがいつものように追いかけまわして、うちの庭に逃げて来た犬を私たち咄嗟《とっさ》に井戸に落としたのよね、一旦隠すだけのつもりで、だけど深くて再び拾い上げる事が出来なかった、全部思い出したわ、凄く遠回りしたけど」

「あの犬、かわいそうだったわね」

「でもしょうがないわよ、私たちは良い事したつもりだったんだから、そもそもの原因を作ったムラタは知らずに自分ち帰っちゃうし、子供の私たちには助けようったって手が届かないし無理だったんだから、大人が来た時には残念な事になっちゃってたけど、かわいそうだったけど故意じゃないんだから気に病む事なんてないわよ」

「それはそうなんだけど、私あの井戸に犬を放り込む時、この高さでこの水の量ならまず無理だって、わかったの。だけど入れたの。そしてどうせキャンキャン吠えてうるさいと思ってすぐさま蓋をしたの」

「そんな事、子供ってときおり残酷だったりするから、あら、それで恨まれてるんじゃないかって気にしてるの？　馬鹿ねこんなに長く生きてたら腐るほどあるじゃない、私だってあなたの事恨んでる部分あるわけだし、人間ってこわいのよ？　あ、そういえばほら神木さんって覚えてる？　二ヶ月くらい前に隣町に行った時に偶然見かけて、って言っても葬式の看板でなんだけどね、お亡くなりになっちゃったのね、素敵だったわね、神木さん、結果どっちのものにもならなかったけど、私、あなたと同じものが欲しくてしょうがなかったの。ごめんなさいね。健太にも申し訳ない事したわ」

「健太はあなたの事が大好きだったわ。でも私たち子どもにめぐまれなかったわね」

「なぜかしらね」

「公園の男は？」

「なにそれ？」

「……いろんなことがあったわ」

「本当に。知られたくないことばかりよ」

「私もよ」

「最期に聞かせて、あなた私の事どう思ってるの？」

「それはね、あなたと同じよ」

「私あなたがいてくれたおかげで二つの人生を歩んできたような気持ちよ」

「それは私も同じよ」

「私たちの嘘はいつから始まったんだろうね、もう四月二日だもの、嘘はつけないわ、ときえ、今までありがとう」

すべては終わった。
よしえの表情を見て、皆あんなにいい人はいなかったと泣いた。

満ちる

「縦に赤いラインがある時は、陽性と判定してください」

何度読み返してもそうある。今私が持っているプラスティックの棒に突き付けられた現実。この時の私はきっとここにある赤いラインの濃さとは裏腹に真っ青な顔をしていたのだろう。陽性、なんて字面だけだとなんか楽しそうなのになんなんだこの陰鬱とした気持ちは。やはり中学生が妊娠はまずい、という事くらい中学生でもわかる。しかも相手が教育実習生なんて絶対に誰にも言えない。化学の足立先生。彼がクラスにやって来た時、他の女子が色めき立って見てる中、私だけ冷めた目で見ていたのを思い出す。でもわかる、その時から意識していたんだという事を。足立先生の初めての授業の時、アルコールランプを消すのにもたつき火傷《やけど》した私の手を取り水道の水で冷やしてくれた。アルコールランプの火は消せたのに私のなにかに火がついた。その日から私は足立先生の白衣、二の腕、うなじ、サンダル、チョークの粉、あらゆるものを目で追うようになった。私はどんどん先生に惹かれていった。しかし私はこの気持ちを先生に絶対に悟られたくなかった。こんな恥ずかしい事がもしばれて、嫌われでもしたらと思うともう生きていけない。私は次第に先生の事を避けるようになり、先生との距離は決して縮まることはなかった。この頃学校は文化祭の準備に大忙しでうちのクラスはお化け屋敷をする事になっていた。文化祭前日にやっと完成したお化け屋敷にみんな大喜び、連日夜までかかった作業に私も今までの疲れが一気に出て屋敷の壁に思い切り寄り掛かった。その瞬間、屋敷は私の重みに耐えきれず大きな音を立てながら倒壊。静まる教室、しばらくしてからのため息、怒号、罵声《ばせい》。やってしまった。いつもこうだ。私はいつも大事な時にへまをしてしまう。体育祭の時も運動靴を忘れ一人ローファーを履いて参加する事になったし、京都の修学旅行の時も初日にコンタクトを割ってしまい京都の神社仏閣全てを裸眼で見る事になったし、ピアノの発表会の時も前日に爪を切りすぎて本番で鍵盤を血で真っ赤に染めてしまった。そして今このありさまだ。もう私なんかどうしようもない人間なんだ、土下座して額から血を流すまで謝ろう。そう覚悟を決めて膝をつこうとしたその時だった。

「へっへっへっ、ワシはこのお化け屋敷から出てきたオバケじゃ！　お前ら早くここから立ち去れい！」

「キャー！　で、出たー！」

悲鳴を上げながら教室からみんなが出て行った。

「へっへっへっ、残るはお前一人か？　お前も早く立ち去れい！」

「キャー！……なんて言うと思う？　足立先生でしょ？」

「……なーんだ、ばれたか」

「そんな遊びに付き合ってる暇ないんです。早く出て行って下さい」

「倒れたお化け屋敷建てなおさないとだろ？」

「そんな事言われなくてもわかってますよ！　だからもう話しかけないで下さい、一人でやりますから。えーと、この段ボールを切って、痛い！」

「春山！　大丈夫か！　本当にそそっかしいんだから。どれ、血が出てるじゃないか!?　ちょっと貸してみろ」

「先生なにやってるんですか？　そんなとこ舐めたら汚いですって、ちょっとももう止めてください！」

「なに言ってるんだ。……そんな深くないようだな。よし、続きやるぞ」

私たちは黙々と作業を続け、気がつくと窓の外はすっかり暗くなっていた。

そしてようやくお化け屋敷は完成した。

私は完成した安堵《あんど》感に今までの疲れが一気に出て屋敷の壁に思い切り寄り掛かろうとした。その瞬間足立先生の大きな腕が私の背中を受け止め、

「お前、またやる気か？」

と微笑みながら私の頭を優しく撫でた。

「ありがとうございます」

私はとっさに先生の手を払い、目も合わさず帰ろうとした。

「春山、お前俺の事避けてないか？」

先生の唐突な言葉に教室を出ようとした私は足を止め下を向いたまま振り返り、

「さ、避けてないです」

そう言うのが精いっぱいだった。

「なんだ、避けてなかったのか俺の勘違いだったか、ごめんなー」

このままじゃ先生の顔まともに見られない。

「先生、お化け屋敷の中を一緒にチェックしてもらえませんか？」

「ん？　あ、ああ。いいぞ、じゃあ行くか」

お化け屋敷の中は想像以上に真っ暗で先生の白衣の裾《すそ》を持っていないと不安で仕方なかった。でも明るい時には恥ずかしくてなにも喋れなかったけど今なら何でも話せる気がする。

「おい、お前、さてはこわいんだろ。さっきからオレの白衣持って離さないもんな」

「そ、そんな事ないです。こんなの子供だましで全然ドキドキしないです」

「そうか、じゃあこれでもドキドキしないんだな？」

「え？」

その次の瞬間、私の唇に柔らかいものが触れてきた。これはもしかして……。

「ドキドキした？」

「し、してないです」

「じゃあもっとドキドキさせてやろうか」


私たちがお化け屋敷から出てきた時、外はもうすっかり朝になっていた。

後から聞いた話だが先生にはもう婚約者がいて来年の春結婚する予定のようだ。

そして今、私はこの赤いラインを見ながらこれ以上ないドキドキを味わっている。

堕ろすしかない。トイレの外には酔っ払った親戚たちの笑い声が聞こえる。なぜ今日なんだ。

ときえおばあちゃんが亡くなった。ときえおばあちゃんの家で行われた葬儀を手伝いながらのトイレで陽性反応。なぜ今日なんだ。

その疑問がときえおばあちゃんの死についてなのか、私に宿る生についてなのか、私にはもう訳がわからなくなっている。

葬儀は無事に終わり親戚一同はみな酔っ払いながら家へ帰っていった。

私は誰も居なくなった居間をながめ、飲みかけのビールグラスを片づけながら台所に向かった。台所では母が洗い物をしていた。母は背を向けたままどんどん洗い物を持ってくるように言ってきた。私はその背中を見つめながら、今日は妊娠の話をするべきじゃない、と思い全く違う話をする事にした。そっちの話もするかどうかで悩んでいた話だ。

母は洗い物の手を止め私の方を振り返り「おばあちゃんに最後のお別れできた?」と微笑みながら聞いてきた。私は答えに困りしばらく黙った。

「ちょっと休もうか?」

母はそう言うと、ビシャビシャに濡れた手で私の髪をそっと撫でた。母とビシャビシャに濡れた髪の私は片付けも途中の狭い居間で薄い座布団を敷いて向かい合わせに座った。私が黙って下を向いていると母はスッと立ちあがりタンスの二段目の引き出しを開け、お菓子の缶を取り出した。

母は缶の中に入っていたゴーフレットを私に差し出すと、二人は自然とときえおばあちゃんの遺影に軽く会釈をした。

「お母さん、私ね、聞いちゃったの。私がまだ幼稚園だった頃、お父さんの葬式の時によしえおばあちゃんとときえおばあちゃんが二人で話していた事を。私その時まだ意味がよくわかんなかったけど、あとになってわかったの。ねえ、ここに住んでたのってときえおばあちゃんじゃなくてよしえおばあちゃんだったんじゃない？」

母はなぜか私の話を落ち着いた表情で聞いていた。

「そうよ」

長い沈黙の後ポツリとつぶやいた。

「え、知ってたの!?　ひどいよ、ずっと騙《だま》してたんだね」

「違うのよ、お母さんはね、あの人が、あなたのお父さんが亡くなるちょっと前にね、よしえおばあちゃんに相談されたの。ひとりぼっちのときえおばあちゃんを家に呼んで一緒に暮らせないかって。お母さんそれ聞いて正直顔に迷った表情が出てたんだと思う。それ以来よしえおばあちゃんは、もう大丈夫になったからって言ってその話をしなくなった。そしてお父さんが亡くなってそれを理由にときえおばあちゃんに入れ替わりの提案をしたんじゃないかしら」

「ときえおばあちゃんを一人にさせない為に自分が一人になったって事？」

「私も入れ替わった時はすぐに気付いたけど、おばあちゃんの選んだ事だから何も言えなかったの。私は心苦しかったけどずっと騙されたフリをしていた、二人のおばあちゃんはうまく騙せたと思っていた。それでよかったと思ってるのよ。それが二人の望んだ人生だから。長いかくれんぼだったわね、このゴーフレット、なんで場所わかったのか教えてあげようか。それはね、よしえおばあちゃん、いつもタンスの二段目にお菓子をしまい込む癖があったのよ。変わってないわね。ふふふ」

　それから母と私はゴーフレットの缶を持ち上げ天井に向かって言った。

「よしえおばあちゃん、みっけ！」

　隣で母は泣いていた。

私は産む決意をした。

みいつけた

「あのね、きょうがっこうで、さくぶんをかいたの『わたしのゆめ』ってさくぶん。じょうずにかけましたねってせんせいがいうの、それでね、がっこうのあとかくれんぼして」

「へえ、よかったたな、どれ、その作文お父さんに見せてみなさい、なになに、わたしのゆめはおよめさんになることです。かっこいいだんなさんとかわいいこどもとペットで、ひろいおやしきにすみます？　おいおい、お父さんのお嫁さんになるって前まで言ってたのにひどいなあ、ははは」

私の仕事の関係で何度も引っ越しを余儀なくされ、近所の子供達ともちゃんとした付き合いが出来ないまま離れる生活を繰り返しているためか娘は内向的な性格だ。

小さいころはそれでもよかったのだが小学校にあがったばかりの四月だというのにまた学校を変えなくてはいけなくなってしまい、いつも以上に心配していた。入学して何週間かたってしまうとある程度仲良しのグループが出来てしまう。それからだと受け入れて貰いにくくなるものなのだ。

「友達は出来るかしら、あの子がひとりになってしまったらどうしよう」

妻はそればかり考えていた。

けれども今回はうまくいったようで、すぐに仲良しの子が出来、私たち夫婦はホッとしていた。

読み終えた作文を妻に渡し娘を膝に乗っけながらおしゃべりをする。なんとも楽しい時間である。

「それで、新しく出来た友達は、どんな子なんだ？」

「あのね、ときえちゃんっていってね、わたしとおなじでメルちゃんがだいすきなの。おべんとうばこもメルちゃんなの。メルちゃんがへんしんしたあとのえがついてるおべんとうばこなの。わたしメルちゃんがへんしんしたあとステッキをみぎうえにあげてるとこがすきなの。おべんとうばこわたしもあのメルちゃんのほしいなあおかあさんにいおうかな、っていったらそしたらもうよしえちゃんとおそろいだからだめなんだって。よしえちゃんっていうのはね、となりのきょうしつにいるふたごのおねえちゃんなの。かおもこえもそっくりでとってもかわいいの。よしえちゃんがよくきょうしつにくるんだけど、みわけがつかないってみんないうもん。せんせいもだよ？　ほんとうににてるの。ふたごってすごいね。わたしもときえちゃんににてたらいいのになあ。いいなあかわいくって。わたしときえちゃんだいすき。わたしはおんなじきょうしつのときえちゃんのほうとなかよしなの。だけどときえちゃんはやっぱりよしえちゃんとなかよしなの。

きょうね、かえりにときえちゃんちでかくれんぼしようってなったの。ときえちゃんちすっごくひろくてきれいなの。いいなあ。それでかくれんぼしてたら、よしえちゃんがいたの。わたしよしえちゃんに『ときえちゃんみっけ』っていっちゃったの」

「そうか、そんなに似ていたらどっちがどっちだかわからなくなるもんな」

「ううん、ほんとうはわかってたの、でもいじわるしたくなったの」

「なんでそんな事したんだ？」

「だってときえちゃんは、よしえちゃんのことがいちばんすきなんだもん」

「そうか、寂しかったんだな、明日ちゃんと謝ったほうがいいぞ」

「うん、わかった、あしたあやまる。わすれないようにしなきゃ」

道化

俺は困っていた。遅くなった朝食を食べようと財布をあけたら一銭も入っていなかった。

やっぱりか……。

俺はそう思った。収入がないのだから減ってなくなるのは当たり前だった。遥か昔の恋人にプレゼントされた、もうどこのブランドのものか判別出来ないほどに汚くなったカラッポの財布をゴミ箱に投げ捨てた。

今日からどうしよう……。

公園のベンチに座っているとおのずと視界に入ってくるブルーシートのテントから目をそむけぼそりとつぶやいた。

俺の職業はお笑い芸人だった。五年前、「チェスたくや」という芸名で芸能界にデビューした。上京してすぐに出たオーディション番組が女子高生の間で人気となり、テレビでひっぱりだこの日々が続いた。

「チェックメイト!!」と股を広げ脇に手をあてるしぐさがウケて、どの子供も真似をする程の人気だった。しかし、時代というのは残酷なもので一年もたつとめっきり仕事が減っていった。上京してすぐに売れてしまったために他に面白いネタがあるわけでもない。何をしてもウケない、仕事が減る、の繰り返し。状況は悪くなる一方だった。

しばらくは五年前に出したDVD『チェスたくやのチェックメイトダイエット!!』と、自叙伝『東京タワー～クイーンとキングとときどきチェックメイト!!～』の印税でなんとか暮らしていたがその蓄えも底をつき、今では地方営業とケーブルテレビのMCでギリギリの生活をしていた。

なんとかこの状況を打破しようと、「チェスダイニング　たくや」というダイニングバーの経営を始めたがすぐに食中毒で営業停止となり店をたたむことになった。

そこで出来た借金も限度額を超え、もうどこからも借りられなくなってしまった。

そして今日、とうとう全ての金がなくなった。

「どうしよう……」

これだけはしたくなかったが後輩芸人のピンボケ太郎に千円を借り、履歴書を買い、証明写真を撮りに行くことにした。

俺にとって唯一の自慢が上京してから一度もバイトをしたことがないことだった。

後輩と飲みに行くと決まって、

「バイトをしているから売れねえんだよ」

と偉そうに説教をした。それがたまらなく気持ち良かった。

（それなのに、そんな説教をした後輩から千円を借りるなんて……くそっ）

あまりの情けなさに借りた千円札を強く握りしめ、スーパーの横にある薄汚い証明写真のボックスに入る。なにもかもが初めてなので手順もよくわからず千円札も強く握りしめたせいでなかなか上手く入らない。

(くそっ、チェックメイト‼)

出来上がった写真もひどいもので、売れていた頃のイケメン芸人チェスたくやの面影はそこにはなかった。

(こんなに老けていたなんて……、んー、チェックメイト‼)

写真を履歴書に貼り、工場の面接に向かう。面接の時にチェスたくやだとばれないかヒヤヒヤしたが、面接官である工場長が外国人だったために疑われることもなくすんなりと働くことが出来た。

工場の仕事は、流れてくるストラップにフィルムを被《かぶ》せる作業で八時間で七千二百円。この金額は全盛期の頃の営業の一%にも満たない数字だ。しかも流れてくるストラップは今売れに売れている「メメン&モリ」のメメンの一押しギャグ、

「ドロップアウト‼」

の声が入ったボイス付きストラップだった。

流れてくるストラップのボタンが検査のために押され、その度に工場中に、

「ドロップアウト!!」

の声が響き、おばちゃんの笑い声とともに耳に入ってくる。

俺は気が狂いそうだった。

自身のギャグである「チェックメイト!!」と大して変わらないうえに、自分の現状を嘲笑《あざわら》っているかのようなギャグに俺は心底腹が立った。

俺はそのバイトを辞めた。

(望み通りドロップアウトしてやったぜ、ははは、チェックメイト!!)

実家の食べるラー油工場で働こうともしたが最近経営が思わしくないようで断られた。もうバイトも出来ない。実家も役に立たない。八方ふさがりの状況で人生のドロップアウトさえも考えた。

全てが嫌になり、事務所は辞めることにした。

さすがに今までお世話になった事務所なのだからひきとめられることはわかっていた。でももう心が揺らぐことはなかった。固い決意のもと事務所のドアを開

け、今はもうピンボケ太郎につきっきりの担当マネージャー・大林の到着を待った。

しかし予定の時間になっても大林は来ず、電話もつながらない。待っている間にフロアに設置されている紙コップ付き給水機の冷水を飲み続け、気付いたら紙コップがグニャグニャになっていた。

電話を掛け続けるうちに大林から、

「どうしたの?」

とのメールが届く。

「今日お話があると言ったら十五時に事務所でと言われ、来たのですが……」

と返すと、四十分後に、

「そうだったっけ? なに?」

とのそっけない返事。

「大事な話ですので会ってお話ししたいのですが」

「今鎌倉なんだよ。なに?」

「そうなんですか。じゃあメールで失礼します。実は事務所を辞めたいんです。今まで大変お世話になって本当に申し訳ないのですが、辞めるその気持ちは変わりません。今入ってる仕事があればそれはきちんとしてから辞めますので、あれば教えてください」

「ないよー。了解。」

事務所を辞めた。

すっかり夜も更けた帰り道、どうこの世からドロップアウトしようかを考え、とりあえず歩道橋の上で背伸びして下を見る。大通り脇の歩道ではこわもて風のおじさんと地味な女が痴話ゲンカをしていた。

なんの感情も湧かずただ見ていると、女がそのおじさんに髪をつかまれ引きずられ顔をぶたれだした。その時、俺の中である感情が浮き上がった。今まで面倒なことは避けてきた。でも、もう死ぬことだし死ぬ前にやったことないことでもするか。

相手が逆上してナイフで刺してくれでもしたら、また一瞬有名になれる。その次の瞬間、俺はもう動いていた。思いきりダッシュをして歩道橋を駆け下り、そのままおじさんの首元めがけて飛び蹴り。生まれて初めての飛び蹴りは足元が狂い女の顔面を直撃した。おじさんはその状況に悲鳴を上げ逃げていった。女性はおじさんにぶたれたためか顔をひどく腫らし、血を流していた（こんなになるまでぶつとは……なんてひどいおじさんだ）。

女性は声を絞り出すように、

「チェックメイト‼」

と言って気を失ってしまった。

なぜ、この女は俺のギャグを叫んだのだろう……。俺はそのまま女を家に連れて帰り、看病をした。とりあえず顔を氷で冷やすために冷凍庫を開けたら電気が止められていた。仕方がないのでタオルを水につけて冷やそうとしたら水道が止められていた。もうあるもので良いとお笑い番組で優勝した時のトロフィーを顔にあて冷やすことにした。あの時は何とも思わずもらっていたトロフィーが今じゃこんなに役に立っている。思わず噴き出してしまった。笑うなんて久しぶりのことだ。こんなに笑うのはメメン&モリのネタを見た時以来だ。

優しい気持ちで顔の上にのせられたままのトロフィーに手をやると、とてつもなくぬるくなっていた。俺は急いで近くの公園で水を汲《く》み、その水をバケツいっぱい家に持ち込んだ。

(よかった、これでちゃんと冷やせる)

水に思い切りトロフィーをつけ、冷やし、女の顔に当てる、の作業を繰り返した。

(これ効率が悪いな)

女の髪をつかみ上げ、顔を水に突っ込んだ。これでいい。女が顔を上げると同時に水につける。

「もう大丈夫‼」

女はバケツをひっくり返し、かなり強い口調で言った。

俺は満足感でいっぱいになりながら微笑んだ。

このやり方は俺が幼少時代に熱を出した時に継母《ままはは》から受けていたものだった。はたからみるとただの虐待なのだが、俺は生みの母の時もこれをされていたのでなんの疑問も抱《いだ》かず育っていた。おそらく生みの母と継母との間で引き継ぎでもあったのだろう。

水浸しになった女が眠りについて俺は女の住所を調べるためにカバンを開けた。すると手紙が入っていた。悪いと思いながらもその手紙を開く。

「お父さん、お母さん、ごめんなさい。私はもうこれ以上生きていてもしょうがないの。お医者さんは必ず治るって言っているけど私、知ってるの、もう助からないって。精一杯生きようと思ったけどもうなにも楽しみがない。テレビで見るチェスたくやさんだけが私の唯一の心の支えだったのにもうすっかりテレビに出なくなっちゃった。さみしいな。

もう一度チェスたくやさんのネタみたかったな。けどそれももう叶《かな》わぬ夢です。同棲している彼ともきちんと別れてから死ぬつもりでいます。今まで育ててくれてありがとう。さようなら。斉藤明美」

俺はしばらくその手紙を眺め、カバンの中に戻した。

（フッ、死にたい女が死にたい男のファンだなんて……チェックメイト!!）

次の日、女が目を覚ましてからが大変だった。なにせ起きたら目の前に、あのあこがれのチェスたくやが枕元にいるのだから。

「え⁉　チェスたくやさん⁉　なんで⁉」

「君が変なおじさんに絡まれて大けがをしていたから家まで運んだんだよ」

「え⁉　じゃあここチェスさんの家なの⁉」

「せまい所でごめんね。しばらくここにいるといいよ。何か欲しいものあったら」

「私はチェスさんがいてくれたらそれでいいです」

「そうか」

（よかったぁ、もうお金ないんだった。あぶねー）

「チェスさん、実は私あなたのファンなんです。あのギャグ好きです。チェックアウト‼」

「チェックアウトなんて一度も言ったことないぞー。君ほんとにファンなのかよ⁉　んー、チェックメイト‼」

「あははは、そうそうそれそれ！　いじられた時に出るチェックメイトが私一番好きなんです」

そうだこの感じだ。これがはじめた頃に味わっていた快感だ。よし、決めた。俺はこれから明美を笑わせるためだけに生きる。明美の命があとどれくらいかはわからないけど最期のその時まで笑わせ続ける。それを見届けてから死んでも遅くはないだろう。

その日から俺は明美の看病とバイトを繰り返す日々を送った。初めの頃は病院に入院することを勧めたが明美が入院するのを頑《かたく》なに拒んだため自宅療養にすることにした。あんなに辛かったバイトも明美を笑顔にするためならと全く苦にならなかった。出戻りの工場のバイトは今じゃ「ピンボケ太郎」の一押しギャグ「フォーカス！　フォーカス！」のボイス付きストラップとなっていた。工場中に響き渡る「フォーカス！　フォーカス！」の大合唱。おばちゃんの笑い声。雇われ外国人のストンプ。その全てが心地よかった。

バイトで稼いだ金で明美の好きなかすみ草と明美の好きな赤ワインを買って帰

る。一度も経験のなかった自炊もはじめ、明美が食べたいものを作ってあげる。楽しい食卓、笑いが絶えない二人の会話。全てが幸せだった。ずっと二人で生きていきたい。お互いが死のうとしていたことなんかすっかり忘れていた。病気が治ったら結婚しよう。これが二人の口ぐせとなっていた。

ところが二人の思いとは裏腹に明美の容体は徐々にではあるが確実に悪い方向へ向かっていた。大好きな俺の手料理も少しずつ残すようになり固いものもあまり口にしなくなった。バイトに出かける時のいってらっしゃいも玄関先まで来ていたのがベッドから起き上がるのもやっとになり、とうとう上体を起こすこともできなくなった。今までずっと断り続けていた入院も真剣に考えた。俺は明美の入院を決断した。明美は力なく首を横に振りながら「いや、いや、チェスと離れたくない」と涙を流すばかり。でも俺は心を鬼にして入院させた。入院費を稼ぐためにバイトを増やし家に帰ると寝るだけ。会いたいのに会えない、明美は今笑っているのだろうか、いや、きっと泣いているはずだ。明美を笑顔にさせられるのは俺だけだ。そのためだけに生きているんじゃなかったのか。このままじゃだめだ。くそ！　俺は壁に向かって拳を激しく叩きつけた。チェックメイト‼

その時、上の棚からバサリとなにかものが落ちてきた。

「これは？」

落ちてきたものは紙袋でその中から昔ネタで使っていたピエロの衣装が出てきた。

「……これだ」

それを身につけ病院に向かい明美の病室を勢いよく開けた。久しぶりに見た明美はひどくやせ細って体中にチューブをつけていた。俺の顔を見るなり明美は力なく笑いながら、

「チェス、どうしたの、それ？」

「ジャッジャーン！　明美たん。ぼくはチェスたくやじゃないよ。出張ピエロだよ」

「クスクス、なにそれ？」

「まずはジャグリングだ。このリンゴとナイフとお皿を回すぞー。そら。ほーら見てごらん。全部落ちただろー」

「クスクス、へたっぴ」

「下手とはなんだい、これでもりっぱなピエロだい！　チェックメイト‼」

「ピエロさん……チェスでしょ？」

「わ！　ち、違います。そ、そーだチェスたくやさんに頼まれていたものがあったんだ。ちょっと手を貸して」

細くなった指を手に取りサイズの合わない指輪を明美にはめた。

「ちょっと待ってて、今チェスたくやさんがそこまで来てるから呼んでくるね」

行こうとする俺の手を明美はギュッとつかんで離さなかった。

「待って、もう私……」

「わかった！　すぐ呼んでくるから」

俺は急いで病室を飛び出し男子トイレでメイクを落として衣装を着替えた。隠しておいた大量のかすみ草を両手に抱え明美の病室へと急いだ。

「明美、結婚しよう！」

ドアを開けると同時に隣の病室に聞こえんばかりの大きな声で叫んだ。

反応がない明美に近づくとすでに明美は息を引き取っていた。

見ると明美の顔はとても穏やかで微笑んでいた。

すごく悲しいはずなのになぜか俺も微笑んでいた。

明美。大丈夫だよ、すぐに後を追うから。

かすみ草を明美の胸元に置き、落ちているナイフを拾おうと床に目を落とすと一枚のメモ用紙があった。そこには力のない薄い文字で、

「いきて　みんなをわらわせて」

と書かれていた。


あれから五年、俺はホスピタル・クラウンとしてこの病院で働いている。

みんなを笑わせるために。

はだかの王様

私は今日も待っている。昨日と同じ場所で、同じ体勢で、同じ感情で。
ただ一つ違うのは、雨が降っているということ。

私は裕福な家庭に生まれ何不自由ない生活を送って来た。一人息子ということもあってか、両親は私の言う事を何でも聞いてくれた。「お腹がすいた」と言えば一流シェフに料理を作らせ、「暑い」と言えば北極から氷を取り寄せ、「映画に出たい」と言えばヒッチコックに直接交渉しハリウッドデビューさせてくれた。

望めば願いは叶《かな》う、あきらめちゃだめだ、前を向いて生きればきっといいことがある、クラスメートにそういつも言って聞かせていた。

周りからは誰もいなくなっていった。

私は両親に「友達が欲しい」と言った。次の日からなぜかクラスのみんなが声をかけてくれるようになった。

「明日苦手な漢字のテストだ」と言うと、なぜか解答欄にはあらかじめ薄墨で漢字が書かれてありなぞるだけで百点がとれた。

「走るの遅いから嫌だ」と言った次の日の運動会は、なぜか自分以外の生徒全員足首に鉄球が着けられ真剣に走ったら二位になることが出来た。一位になった子はその日の帰り交通事故で亡くなった。繰り上がりで一位になれた。

勉強、運動、友達、欲しいものは何でも手に入れた。

高校にあがり好きな子が出来た。でも、その子には他に好きな子がいた。

私は両親に好きな子がいる事を話すと、いつものように「分かった」とだけ言われた。

次の日、その子は泣いていた。どうして泣いているのか分からない私は、慰めの言葉が見つからず、「欲しいものがあったら何でも言って、お金ならあるから」と言うと、その子は私の事をキッと睨《にら》みつけ走り去っていった。

その後ろ姿を見ながら何をしていいか分からず、廊下の「走るな」の張り紙をマジックで「走ってもいい」に書き換えた。

次の日廊下で見た「走ってもいい」の張り紙は、赤いマジックで「走るな」に書き換えられていた。これは家に帰ったら両親に言おう、そう思いながら下駄箱に行くと、雨が強く降っていた。でも心配することはなかった。「今日は雨が降るから傘を持っていきなさい」と父と母と執事と家政婦と運転手と庭師と庭師の弟子と庭師の弟子の彼女がそれぞれ傘を持たせてくれたので合計八本が私の鞄に入っていた。

私は庭師の弟子の彼女が持たせてくれた真っ白なレースの紫外線防止の傘を差しながら歩いていると、電柱の脇に置いてある段ボールに子犬が入れられているのを見つけた。

　びしょびしょに濡れた子犬は悲しそうな目でこっちを見て、か弱く鳴いていた。何を求めているのか察した私はすぐさま自分の鞄からフリスビーを取り出し「取って来い」と言いながら思い切り投げた。

　子犬が戻ってくるのを待たずに歩き出すと、目の前に傘も差さずにずぶ濡れの状態で歩いている女の子がいた。その子は昨日、私の事をキッと睨んで走り去っていった女の子だった。なにか力になってあげたい、でもお金ではないようなので、話しかけることも出来ないままその子のすぐ後ろをついて歩いた。

「そうだ、雨を防ぐものが必要だ」

　やっとわかったその時、さっきの子犬がフリスビーを口に咥《くわ》え、私のもとに戻ってきた。

　私は「もしよかったら、これ使って」と言い、フリスビーをその子の頭にかぶせようとすると、彼女は悲鳴を上げ走り去っていった。

　二度も走り去られた事実を両親に打ち明けると、「いつか分かる時が来る」とだけ言って部屋に戻ってしまった。

その後、その子とは、話す機会もないまま大人になった。

私は父の会社で役員として働く事になったが、重要な事は部下が全部やってくれた。

私は王様だった。

会社も順調に業績を伸ばしてきた頃、突然父が亡くなった。

これがすべての崩壊のはじまりで、私が社長になった途端、業績は悪化。部下は私の言う事を一切聞かなくなり、ついに多額の負債を抱え、会社は倒産した。

母は心労で倒れそのまま帰らぬ人となった。

私は親も家も失った。でも私には友達がいる。助けてもらおうと会いにまわったが、誰ひとりとして会ってくれなかった。

行くあてもなく歩いていると、雨が降り出し次第に強くなり私の体はずぶ濡れになった。

「傘が欲しい」

つぶやきは強い雨にかき消され、むなしさだけが残った。

私はようやく理解した、あの時彼女が欲しかったものも、泣いていた理由も、なんでも願いが叶っていた理由も、すべて分かった。

私がいるから相手がいるんじゃない、相手がいるから私がいられるんだ。


今日も私は橋の下で待っている、来るはずもないあの子を。

差し伸べる傘もない、だから私はここにいる。

同じ場所で、同じ体勢で、同じ感情で言い続ける。

「余った傘は、ありませんか」

解説

穂村　弘

『余った傘はありません』を初めて読んだ時、短篇風に書かれた文章の一つ一つに引き込まれた。異様なホラー、お笑いのネタ的なギャグ、散文詩めいたモノローグ、エロ小説のパロディなどなど。次々にスタイルを変えながら、でも、どれもとても面白いのだ。鳥居みゆきさんは書き言葉の切れ味も凄《すご》いんだなあ、と思った。

ところが、読み進むにつれて、だんだん焦りを覚え始めた。それらの話同士が、最初は無関係に見えたものまで、少しずつ繫《つな》がってきたからだ。あれ？　この人、たしか前も出てきたよな。あ、そうか、これがあの時のあれなんだ。いちいち驚きながら、何度もページを捲《めく》り直してしまう。

作中の時間が複雑に前後しながら、やがて、よしえとときえという双子を中心とした一つの家族の物語が浮かび上がってくる。しまった、と思う。目先の面白さに油断した。こんなに緻密に仕組まれた話だったのか。叙述の形式そのものが効果的なトリックになっていたのだ。

これはもう単に面白いというレベルじゃない。面白さの皮がべろっと剝《む》けて、それ以上の、とんでもない世界が姿を現しかかっている。そして、最後に衝撃的な結末がやってきた。

読み終えた瞬間に、私はもう一度最初から読み始めた。慎重にメモを取りながら進んでゆく。今度こそ、物語の全貌を把握するぞ。


すいません、初めてお手紙を書きます。

きのう駅であなたに財布をひろってもらった者です。

できたらお礼がしたいのです。

すごく助かったものですから。連絡ください。

「←ラブレター」

あ、そうか、この章題の「←」は、行頭の文字を左へ読んでゆけってことだったのか。

「私あなたがいてくれたおかげで二つの人生を歩んできたような気持ちよ」
「それは私も同じよ」
「私たちの嘘はいつから始まったんだろうね、もう四月二日だもの、嘘はつけないわ、ときえ、今までありがとう」

「四月二日」

「私」って誰なんだ？「あなた」は？
「満ちる」という章題は「ミチル」にかかってるのかなあ。
考えれば考えるほど混乱してくる。なんという世界だろう。
そんな風に読んだ結果、改めて気づいたのは、本書の登場人物のほとんどが死んだり殺したり殺されたりしている、ということだ。でも、実際にはこんなに人は死なないよな、と思いかけて、はっとする。何を云ってるんだ。「実際にはこんなに人は死なない」どころか、我々は全員死ぬんじゃないか。ただ、普段はそのことをなんとなく忘れている、というか怖いから考えないようにしているのだ。そして、日常のぼんやりした意識の中で曖昧に生きている。

でも、例外がある。鳥居さんは「自分は35歳で死ぬ」と、以前からいろいろなところで繰り返し発言しているのだ。

さまざまな死の姿を見せられることで、我々は自分が暮らしているのが本当はどんな世界なのか、という問いに直面させられる。生きることの意味が、日常の深い霧の中から姿を現す。その時、私は『余った傘はありません』を『余った命はありません』と空目《そらめ》しそうになる。「傘」と「命」はどこか似ている。誰もが自分のためのたった一本の傘を差して雨の中をゆくしかない。その唯一無二の事実を、渾身の力を込めて突きつけて、いや、突き刺してくる。そんな作品だと思う。

以前、雑誌で鳥居みゆきさんと対談したことがある。彼女の言動のすべてがぶっとんだ冗談のように思えて緊張した。とても対応できなくて、こちらは真面目に受け答えする。だから話がズレる。怯《ひる》む。焦る。困る。その時、私は奇妙な感覚に包まれていた。なんだか、自分の方がふざけているような気がするのだ。鳥居さんの「すべてがぶっとんだ冗談」で、私は「真面目に受け答え」している、というのは本当なのか。

穂村「鳥居さんはもう、人と気軽に話せるようになったんですか。」
鳥居「今も人見知りだけど、家を出る時にスイッチ入れます。」
穂村「いつもある程度緊張しているんですか。素《す》に戻るのは家だけ？」
鳥居「家にいても緊張してます。素ってないんじゃないですか。素は素を作ってるってことでしょう？」
（略）
穂村「孤独耐性はあるんですか。」
鳥居「だめです、寂しがり屋です。でも基本一人が好きなの。知らなければよかったの、人と遊ぶこととかを。ご飯誘われて、行きたくないと思うのに結局寂しいから行って、やっぱ行かなきゃよかったたって絶対思いますもん。まわりが私が思い描いているような人ばっかりだったらラクなのに。」

「歌人・穂村弘の、こんなところで。」（「花椿」２０１３年10月号）

話している時は確かに冗談に思えたし、実際、その場の誰もが彼女の言動を面白がっていた。なのに、こうして読み返すと、鳥居さんがあまりにも率直に本当のことを語っているように見えて驚く。この印象の逆転はなんだ。どうして、そんなことが起こるのだろう。

鳥居さんの心の中には焼き鏝《ごて》のような本気さがあると思う。それを突きつけられた相手は、熱に耐えられずに、笑ったり、引いたり、冗談扱いして身を守ろうとしたりするんじゃないか。

「知らなければよかったの、人と遊ぶこととかを」というフレーズに胸を打たれる。魂を投げ出すようなこの感覚は、例えば、本書の次のような箇所と深いところで繋がっていると思う。

私は袖をまくり今まで日焼けしてこなかった青白い腕にナイフをあてた。果物ナイフは初めて切る果実以外のものに一瞬躊躇したようにみえた。

「おそろい」

おかしいんだ。今から死のうとしているのに、嫌いなピーマンを一口食べた。なぜだかわからない。ただそんな気になったんだ。そしたら、ちょっとだけ、おいしく感じた。それだけ。ただそれだけなんだけど。

「治療」

知らなくても暮らしてゆける、というか、むしろ知らないほうが暮らしやすい。そんな生きることの本当の意味に、けれど、どうしても触れにゆかずにはいられない。一人で。素手で。目を見開いて。鳥居みゆきさんの心の熱さ、その姿勢と感覚に強く惹かれる。

——歌人

この作品は二〇一二年七月小社より刊行されたものに
書き下ろし『はだかの王様』を加えたものです。

余《あま》った傘《かさ》はありません

鳥居《とりい》みゆき

平成27年2月10日　初版発行

発行人――石原正康
編集人――永島賞二
発行所――株式会社幻冬舎
〒151-0051東京都渋谷区千駄ヶ谷4-9-7
電話　03(5411)6222(営業)
　　　03(5411)6211(編集)
振替00120-8-767643

印刷・製本―中央精版印刷株式会社
装丁者――高橋雅之

幻冬舎文庫

ISBN978-4-344-42310-7　C0193　と-10-2

幻冬舎ホームページアドレス　http://www.gentosha.co.jp/
この本に関するご意見・ご感想をメールでお寄せいただく場合は、
comment@gentosha.co.jpまで。